4
berättelser

4

berättelser

JAN EDELHOLT

Omslag: Inga-Lill Karlgren
Sättning: BoD – Books on Demand
Förlag: BoD – Books on Demand Stockholm, Sverige
Tryck: BoD – Books on Demand Norderstedt, Tyskland
ISBN: 978-91-7699-187-9

Pascals sista resa

1

Ännu en morgon – alltid lika förvånad över att han lever.
Pascal ligger orörlig. Kan inte annat.
Pascal tänker att det är som att vakna ur en brusande dröm – av tvång för ljuset.
Pascal tänker att ögongloberna rör sig likt fyrens rop över ett dimhöljt hav. Sökarlampor som avser förhindra katastrofer.
Dylikt får det att rycka i hans mungipor.
I ögonblicket förnimma något urtida från barndomens landskap.
Spridda bildsekvenser över något ofullgånget, samtidigt storslaget.

Stormen som får klotet att skälva.

Tillbakabildning, reträtt, abrupta slut. Sällan växt, livsbejakelse.
Första ångesten.

All denna sand, norröver klippor, gormandet från ett upprört kustlandskap. Måsarna som flockas kring trålarna.
En förteckning över förlista.

En gång benämnde man tillståndet katatoni, men då stod han upp, låg inte, frusen i övergången från ett rum till ett annat.

Pascal kan höra skogsduvan i trädkronan där ängen tar slut.
Andningens rytm från det vädrande rådjuret.
Den spanande blicken – skärande rakblad genom landskapet.
Pascal kan höra hasande steg i en korridor. Väsandet från en ansträngd fläkt. Och kroppen, rasslet från en och annan ofrivillig muskelsammandragning, ljudet från en kluckande utsöndring.
Muntorrhet. Klippet från läpparna.

*

Nu syns himlen, ljust, ljust gråblå.
I första hand perifert i hans högra ögonvrå.
Stygn för stygn luckras mörkret upp.
Natten flyr sin kos.
Natten hänger som fladdermöss på jordklotets nedre halva.

Ser Pascal inåt kan han följa blodets bana.
Betrakta den kropp som inte längre är hans.
Pascals tankar och känslor som sam- eller motverkar i olika konstellationer.
All enslighet som följer.
Solistens atonala sfär som slags grund till varandet.
Utåt som ett stigma av det som sedan dag ett är låst i sitt utryck.

Pascal tänker att inget sker isolerat. Fast man av och till kunde tro så.

Pascal tänker att han är större än man kan tro.
Pascal tänker på sin rörlighet i sin orörlighet.
Pascal tänker att han alltid varit större än man kan tro.
Pascal tänker på friheten den omöjliga.
Pascal tänker på sin önskan att slinka ur.
En magisk sfär han lekte i som barn.

Det finns en avgörande historia i Pascals liv. En historia härledd från begynnelsen eller minnet därom, en historia som handlar om en ung pojke som var så skör att han likt en torr kvist, utan större kraft, kunde brytas av på mitten. Hans mor såg tidigt skörheten hos honom. Redan under hans första steg på jorden var återhållsamheten stark i blick och rörelse. Modern försökte på alla sätt och vis hantera sin son med så mycket kärlek och omtanke hon var mäktig. Hon tänkte att det var så sonen blev stark och mindre skör. Även fadern gjorde vad han kunde för att fostra sonen inför livets vedermödor. Och det med så mycket kärlek att sonen blev alldeles vimmelkantig och desorienterad inför den värld som växte fram för hans blick.

Och då den unge mannens förmåga till reflektion utvecklades, hamnade han snart i svår skuld och värkande samvete. Ty han visste att han aldrig någonsin kunde återgälda vad föräldrarna givet. Inte för att han var en kärlekslös natur. Snarare för att han blixtsnabbt utvecklat en förmåga att stänga av yttervärlden när den blev för påträngande. En förmåga som snart blev självgående, ofta tog över kommandot, inföll så fort omgivningen pockade på, och det även i sammanhang som han egentligen kunde ha klarat hur enkelt som helst.

Ju mer kärlek föräldrarna visade honom, desto mer stängde han av sig från yttervärlden och slöt sig inom sitt skal. Det var som om kärleken var förgiftad, som om varje kärleksut-tryck formade honom skörare, som varje tendens till godhet gav motsatt effekt. Inte för att han själv blev ond, snarare sluten. Ondskan han upplevde kring sig: mobbningen från jämnåriga, sarkasmerna från lärarna, den döda valpen i hans rum, bekom honom inte alls på samma sätt. Det var så han själv såg på saken. Till slut gick det så långt att man fick koppla in barn- och ungdomspsykiatrin. Psykologer, kura-torer och psykiatriker lade sina pannor i djupa veck för att hjälpa ynglingen. Nu hade de inte så värst många metoder att ta till. Trots långa och avancerade universitetsutbildningar visste man inte hur man skulle hantera en sådan skör ung-dom som Pascal. Han fick titta på bilder och fritt associera vad han tyckte dessa handlade om. Ofta sa han ingenting. När, talade han om rädsla men också om frihet. Pascal men-ade att i alla landskap och färger fanns det en bit av båda, rädsla och frihet hängde ihop på något konstigt vis. När se-dan personalen vid barn- och ungdomspsykiatriska kliniken talade med honom, i synnerhet psykologen och senare psy-kiatrikern, handlade det alltid om rädslan och friheten. Man menade att det var just det som var den springande punkten. Ynglingen, sa man, var så rädd att han liksom blev fånge i sig själv. Och psykologen sa, att Pascal måste söka formulera sina rädslor i ord, uttrycka hur sådant hängde samman med hans frihetstörst, vilka knutar han behövde lösgöra sig från och därmed bli starkare och våga ta för sig mer av livet. Psy-kologen sa att det var dylikt man var bra på. Att det var här deras professionalitet kom till sin rätt. Man påtalade att man visste hur man löser upp knutar utan vassa naglar. Gör sig fri från besvärande låsningar. Finner en livsväg som passar ens kynne och ens genomtänkta val. Idel lyckliga (be)slut av rosenrött skimmer som uppvisad statistik pekade på.

Att de vuxna så tog över (eller försökte ta över) Pascals inre, fick honom att känna sig mer ofri och räddare än någonsin. Han slöt sig än mer inom sitt skal. Kaoset inom honom var, som ni förstår, olidligt. Kärleken från modern och fadern gav ingen hjälp eller stöd, och de professionellas sätt att styra, tolka, kopiera och definiera gjorde att Pascal upplevde ett sådant virrvarr inom sig att han till slut inget annat önskade än att få dö.

Psykiatrikern skrev ut mediciner i en alls icke oansenlig mängd. Tabletter, kapslar och i flytande form, snart sprutor, sådant som hör den biokemiska metoden till. Mediciner vars avsikt var att främja en god nattlig sömn, ett utbrett lugn, mainstream till sinne och uttryck. Mediciner för biverkningar: skakningar, stelhet, myrkrypningar, smärta och annat oönskat, mediciner mot starka känslor (alla dessa affektiva uttryck som anses störa normaliteten), mediciner vilka hade det gemensamt att de liksom omformade honom till någon annan än han trodde eller ansåg sig vara, en slags outredd blandning av skörhet, maniskhet och likgiltighet, en förvrängd varseblivning och annat som det var olidligt svårt att sätta ord på. En person han inte kände igen och egentligen inte hade lust att lära känna. Man skrev in honom på avdelningen för observation, trots att han försökte berätta att det inte längre var honom man såg. Och det var då, just i det ögonblicket han första gången klev in på avdelningen, som rösterna slöt upp vid hans sida.

En kakafoni av röster som krävde god plats, styrförmåga och överhet i den värld som (en gång) utgjort hans. Pascal ställde sig snart vid ett av dagrummets höga tvådelade fönster, såg ut mot sjukhusparken, och insåg, snarare intuitivt än rationellt, att fönsterplatsen var den plats som var mest

uthärdlig för honom. Att det var där den alltmer ökande rädslan tonades ner och frihetens törst fick sitt. Att det var där han mest kunde vara sig själv. Föga visste han då, så sant och förutsägande hans intuitiva beslut var. Gränstrakten mellan flykten från rädslan och flykten till friheten. En svårmanövrerad och högst föränderlig position eller grundstämning som kom att följa Pascal genom hela hans liv, från vaggan till graven. Följaktligen var det vid det höga tvådelade fönstret i dagrummet, han tillbringade större delen av sin vakna tid under de år han var inskriven på sjukhuset. Han minns inte någon av medpatienterna. Inte heller personalen. De flesta blev för honom snarare skuggor än levande väsen. Vid måltiderna, när han hasade sig fram i korridoren, gjorde sina morgonbestyr, duschade, drack kaffe, satt i rökrummet, var det alltid med böjt huvud. Endast vid det tvådelade fönstret höjde han blicken. Det var som att Pascal vägrade befatta sig med den miljö man placerat honom i, en slags revolt som blev den enda rest av den han innerst inne var, en revolt som gjorde uppror mot den okände person man tvingat honom att bli. Efteråt menade Pascal att det var psykiatrikerns beslut, sjukhusmiljön, medicinerna man gav honom, de förhärskande terapeutiska tankegångarna och metoderna, senare ECT, som var upphov och inkörsport till den personlighetsförändring han genomgick, en skräckens förändring vars resultat utmynnade i en svårt utvecklad schizofreni. En schizofreni med starkt paranoida inslag, hörsel- och synhallucinationer, vanföreställningar och annat av lika demonisk natur som den sköre så lätt tar till vid mötet med en alltför omfattande grovhuggenhet i hennes omgivning. Ett sjukt samband mellan inre försvar, yttre tvång och tilldelad dumdristighet.
Det var först under den avslutande delen av Pascals liv som

han kunde ta till sig att den unge man han en gång var och så olyckligt begravt, var en oavvislig del av honom själv. Ett gott exempel på hans förmåga till växande rörlighet i all hans orörlighet.

Det var först längre fram Pascal insåg att i samma stund de professionella beslagtog hans rädsla och frihetstörst blev han sjuk och eländig. Aldrig mera frisk.

Det var först längre fram Pascal kunde se igenom alla lager av okunskap och missriktning de professionella givet honom.

2

Ännu en morgon, strimman av ljusets skiftningar över landskapets utsträckning – var morgon, alltid lika förvånad över att han lever.

Ögongloberna rör sig som rakblad över bar hud, resten av kroppen är orörlig.

En gång benämnde man tillståndet katatoni, men då stod han upp, låg inte, frusen i övergången från ett rum till ett annat.

Hur ofta han vaknade i ett annat rum på rya- eller heltäckningsmattan och det i en krampaktig fosterställning. Ett rum han aldrig förstod vems det egentligen var. En känsla som stärktes om väggarna var vita, sängen i metall, ljuset glasklart och stickande som grova kanyler.

Han kan höra skogsduvan i trädkronan där ängen slutar. Hasande steg i en korridor. Fläktens väsande. Och hans kropp, rasslet från ofrivilliga muskelsammandragningar. Skälvande som insektsvingar.

Nu syns himlen, ljust, ljust gråblå, perifert i höger ögonvrå. Stygn för stygn luckras mörkret upp för ljusets skull. Natten flyr sin kos. Natten hänger som fladdermöss på jordklotets nedre halva. Dagen stiger som lärkvingar på jordklotets övre halva. Ser han inåt kan han följa blodets bana. Betrakta den kropp som inte längre är hans. Pascal tänker att inget sker isolerat. Fast man av och till kunde tro så.

Pascals önskan: vid ett fåtal formulerade ögonblick har han önskat sätta sängen mot fönstret, höja huvudgärdet och sänka sitt påtvingade rede en aning, bädden där han tillbringar större delen av dygnets tjugofyra timmar, position: att lättare kunna se ut, betrakta omgivningarna – den smått religiösa känslan: hur Pascal känner sig som en del av något större – eller i vart fall ges möjlighet att njuta av utkikspunkten. Hakan ovan täcket.

Pascal har inte lyckats få gehör för sin önskan. En kall handflata tätt intill hans ansikte i samma stund första stavelsen lämnat munhålan med sin odör. Överordnat är vad de rörliga anser bäst, argument: lättarbetat. De flesta anser dessutom att de inte hör vad han säger – omöjligt! påpekar beslutarna i kör, och låter det stanna vid det. Behövs en förstärkning, tillägger man, att den orörlige inte vet vad han pratar om, med andra ord inte har den blekaste aning om vad som är bäst för honom. Så har det varit länge nu. Kanske alltid. Det är så längesedan det fanns en möjlighet till något annat. Pascal säger sig inte kunna minnas tiden före begravningen. Man utropar: med sådan anamnes har han förmodligen alltid varit ute och cyklat – den orörlige har inte alla hästar i stallet och så vidare i en aldrig sinad ström av reducering och förminskning. Hån.

Det är som mördaren vars alla bevis otvivelaktigt pekar i skyldig riktning – även så ropar man i kör.

Utplåning.

Har man hört på maken år 2017!

När ögonlocken sluts tar djupsömnen över – han har inte mycket till drömmar kvar. Åh nej. Drömmar tror man inte honom om. Via djupsömnen finner han i efterhand en viss form av trivsel och nöjdhet. Ett slags uthärdandets kvarlåtenskap som kanske är det mest mänskliga han har att tillgå.

Men nu ligger Pascal vaken, känner tillfredsställelse över gryningens magi – den nya dagens tillblivelse och ljussättning. Ett ögonblick av innerlig känsla innan det onda sätter in. Det är som om rummet och tiden luckrar upp varandra. I gryningen tänker han att det kanske är möjligt att ändra position, fantiserar om att vara på mer än en plats, och det samtidigt. Kanske resa iväg – det kan räcka med en promenad på orten. Är man van vid det lilla, drömmer man sällan stort.

Har Pascal haft god djupsömn, med få uppvaknanden under natten, därtill en stark känsla av frånvaro som följer honom över dagen, är tankarna vanligtvis, när gryning övergår i dag, klara och lätta, fyllda med bilder, associationer och möjligheter. Det finns få i hans omgivning som anar dessa goda stunder, en viss munterhet kan nog skönjas av den som har god observationsförmåga, men dylikt uppfattas och tolkas i huvudsak som ett lågbegåvat uttryck.

Pascal anses inte vara mycket för världen.
Är det någon som märker hans grundtillstånd av från-

varo, sålunda extra tillspetsat en sådan här dag, är man genast där och tolkar: vad var det vi sa: en självklar regression, hos: han den lame.

Sällan hör han resonemanget om frånvaro som något stärkande.

Och då han inte minns hur det var när han inte låg såhär, kan han i huvudsak instämma. Tänker: jag är inte mycket för världen. Kan varken stiga upp, tvätta mig, klä mig, eller på något annat sätt röra mig ut ur detta… för min överlevnad är jag helt beroende av andras medkänsla. Hjälp till allt. Empati?

Via andra blir du någon.

Via andra blir du till. Via självet står du still.

Förutom då dessa ögonblick av klarhet.

Den unge mannens omöjliga historia.

Ögonblick av klarhet som parallellt sjunker i nonsens – ty vad är det för mening med klarhet och riktning när allt som lämnar munnen är grymtningar och growl, få ord att begripa, enstaka meningar som svävar osäkert likt snöflirgor töar innan landning.

Orörligheten är hans signum.

Och bakom dessa ord: universum på universum som självdör i frånvaro. Pascal som tänker i banor och förgreningar ingen vet något om. Knappt ens han själv.

Han är ensam. Har alltid varit ensam. Stunder av samhörighet kan man räkna på ena handens fingrar… I det finns inga känslor inblandade, det är som det är, ett konstaterande av fakta.

Varken sorg, ömkan, depression, melankoli… i så fall ögonblick av styrka. Det vill säga när djupsömnen gjort ett gott nattskift.

Pascal ensam. Kroppen obefintlig. Känsel? Okey, det gör ont när man drar i honom, söker sätta på honom kläderna, lägga urinpåse och slang bekvämt på förtvinade lårmuskelns framsida ner mot höger knä. Annars... har han svårt att avgöra vart gränsen går mellan hans kropp och omkringliggande miljö – utsträckningen, kunde vara ett och samma. Han är både här och där samtidigt. Som utsmetad räkost utanför mackan. I sådant scenario kan han tänka sig en utväg. Hur han liksom glider ur sig själv, glider på räkan som far iväg med mjukosten, står snart på gatan och traskar iväg.

Men det går inte. Ska mer till för det. När allt går i smärta är det hart när omöjligt att orientera sig på ett sätt som överensstämmer med den man söker vara, söker befästa, hålla fast vid eller bli.

Är det väder, sitter han på altanen, helst tycker han om när det blåser, men då släpper man inte ut honom, tar vinden tag i hans hår kör man genast in honom och stänger dörren. Men är det stilla och sol låter man honom vara ute.

Man sätter honom på avstånd från de andra, rullar iväg med honom till altanens yttre kant och vänder hans långa ryggstöd och tillhörande nackstöd mot övriga altanbesökare. Det finns en tro att han skrämmer. Hildur med dålig syn har sagt att den skäggige har onda ögon.

Pascal sitter i sin rullstol och ser ut över gröningen, ängen och träden långt där borta, säger inget och trivs med det. Ofta tänker han inte, till det anser han inte det finns någon mening, han låter, som han säger för sig själv, naturen tänka för honom. Det är där allt av betydelse finns, det som står mellan raderna i varje text och tanke. Gott att luta ett trött huvud mot ängens utsträckning och sedan barrens stick på näsa och kind. Gott att luta ett trött huvud mot allt det som inte finns. Förnimma frånvaron som en kär gammal vän.

Ibland kommer hans yngre syster på besök. Då sätter hon sig sidan om honom och förenas med honom i tystnaden. Efter många år har hon lärt sig att det är så man bäst umgås med Pascal. Ordlöst. En klapp på hans beniga axel. Andas tillsammans. Eller då hon klipper hans hår, ansar hans vildvuxna skägg. Sådana stunder kan det rycka i hans mungipor, få honom att slappna av.

Värre är det när hans psykiatriker kommer på besök. Man har känt varandra länge. Ändå är hon alltid lika nervös och ryckig i sina rörelser. Ibland söker hon stabilisera, smiter höger ben om det vänstra, foten slingrar sig om vaden likt en pyton, tårna oanständigt spretande framför skenbenet. Hon säger till honom att det inte är hennes fel att han sitter där han sitter. Upprepar samma sak vid varje besök. Han vet att hon inte tror på det själv, att hon känner skuld och inte kan stilla sitt samvete. Själv vet han inte vad han ska tycka. Han ser henne mest som en misslyckad hantlangare. Del av ett synsätt som snävar in det som omöjligt kan fångas, behandlas, med sådana brister i bagaget att det kan vara gott att retirera, likt sköldpaddan den visa.

Man vet så lite vad som pågår, hur det skrämmer – hamnar så lätt på avvägar… Det är då psykiatrikern faller omkull, blir den som är orörlig med ens – och Pascal sluter ögonen hårt. Som om det var han som var den rörlige.

Är han på humör kan han formulera sig i poesi, gärna med naturen som metafor, Aspenström och Ekelöf – men det sker uteslutande bakom lyckta dörrar.

När han är inomhus och sitter upp i rullstolen, fastspänd och orörlig, sätter man honom gärna vid fönstret på hans rum och då kommer metaforerna till honom...

Inte pockande, med kraft och förbannad energi, staplande på varandra som om de maniskt konkurrerade om verkligheten. Snarare långsamt och följsamt, en god blandning av frånvaro och närvaro.

Vårdhemmet han bor på ligger naturskönt i ett bördigt landskap. Ett par mil utanför en större stad. Alldeles i utkanten av ett mindre samhälle. Ett omkringliggande grönområde, i anslutning till en betesäng där ett trettiotal kor lunkar om sommaren. En blandskog åt det håll gryningen först visar sig om morgonen, sädesfält åt söder och väster och samhället åt norr. Kan säkert vara en tiotusen invånare. Det var där han växte upp, det var dit han återvänt. Hans föräldrar vilar numera på kyrkogården intill den vackra tegelkyrkan utmed stora vägen. Vid hans födelse var orten knappt hälften så stor.

Mycket har hänt, men inga fler arbetsplatser att tala om. De flesta pendlar till staden. Gott om barnfamiljer, unga vuxna som återvänt efter en sejour i staden, bildat familj och vill ha det lugnt och åskådligt för barn och leverne.

Det finns en ro på orten som både skrämmer och lockar. Det bjuds inte på många överraskningar, allt går i typiskt sömnig lunk, och i det är tröskeln låg för vad som beskrivs som avvikelser, man har inte mycket tolerans på sitt konto... det har Pascal fått känna på.

För tio år sedan var det tal om att bygga ett LSS-boende centralt på orten, ett förslag få kommuninvånare bejakade. Folk ringde ner kommunkontoret, skickade mail och skrev på protestlistor – rena terrorverksamheten, om ni frågar Pascal. Man talade om moraliskt förfall och sjunkande villapriser. Om barnens väl och kvinnornas säkerhet. Samma upprörda stämning uppstod när man åtta år senare planerade för ett flyktingboende. Men där fick man ge med sig. Trots att de flesta var emot, vågade man inte säga nej. Som kommunordförande Nilsson, på en privat fest, yttrade: konsekvensen av sådant blir oöverskådligt i en tid som denna.

Däremot gick det bra att neka LSS-boende. För människor som Pascal är det normaliserat att vara satta på undantag. Efter flera turer byggdes boendet avsides, utslängd på en åker, i utkanten av en by, intill kommungränsen norröver.

Det var vad man ansåg sig kunna erbjuda dem, av kommunens invånare, som behöver extra stöd och tid att växa i självvald riktning.

Vårdhemmet är för gamla, medelåldern är närmare nittio år. Pascal, med sina 53, är yngst, näst yngst är Vera, en 78-årig dam som 2014 drabbades av stroke och numera är halvsidesförlamad. Hon sitter på dagarna i sin rullstol i dagrummet och blickar ut med sorgsna, vattniga ögon och tiger. Ibland utstöter hon små skrik – endast så kan hon ge röst åt sitt inre, stroken har slagit ut hennes talförmåga. Till en början vände personalen uppmärksamheten åt hennes håll, gick fram och frågade hur det var fatt när hon skrek, någon strök henne över håret, rättade till hennes förlamade arm som möjligt hamnat ur läge… Nu är hennes skrik en del av ljudbilden, ungefär som ljudet av en kran eller toalett som står och rinner, som ingen orkar bry sig om att fixa. Ingen skyndar till, lägger märke till Vera. Pascal tänker att hon är lika ensam som han – hur människans lott blir så tydlig i en miljö som vårdhemmet. En teater för de bortglömda. Med personal som enda (oengagerad) publik.

Vad Pascal gör på en plats där övriga boende kunde vara hans föräldrar är det ingen som kan svara på. Det bara blev så när han inte längre kunde gå och ta hand om sig själv.

Det var vad kommunen hade att erbjuda.

Avdelningen kallas »Paradiset«, med plats för tolv boende. Nio kvinnor, och tre män, honom själv inkluderad. Förutom Ella, har Pascal under sin tid på Paradiset, inte kontakt med någon.

De är alla rädda för honom. Via Hildurs försorg har man gett Pascal epitetet »den skäggige mannen med de ondsinta ögonen.« Sedan beror den bristfälliga kontakten på att alla har nog med sitt, man hör- eller ser dåligt, och alla övriga kroppsliga och själsliga krämpor som hämmar och smärtar.

Vid lunch kör man Pascal till ett ensamt bord i matsalen. En personal sätter sig bredvid honom och matar honom.

Maten smakar honom sällan. Men han bråkar inte, gapar och tuggar så gott han kan, får i sig vad personalen tycker är en acceptabel mängd. Hostar gör han ofta, klöks och bär sig åt.

Dricker något större, gör han aldrig, personalen får använda pipmugg, ge honom små klunkar, ibland får de använda sked.

Att få i sig dryck är svårare än mat. Pascal lider alltid av konstant vätskebrist. Balanserar på gränsen för vad kroppen tål. Flera gånger har han lagts in på sjukhus för vätskedropp.

Är då torr och raspig, som efter en weekend i öknen, tänker Pascal och känner hur det rycker i mungipan.

Att man inte låter honom dö, förstår han inte – stundtals ser han sjukhusvistelsen som en plikt framför att han vore en människa med djupnat värde. Svårt för ledningen att dokumentera hans frånfälle om vätskebrist är orsaken… Pascal som person kunde det allt kvitta.

Kvittar gör det också för Pascal.

Det får vara hur det blir, resonerar Pascal, det ena blir förr eller senare det andra – och utifrån dödens perspektiv är ett år eller två av mindre betydelse.

Nu är det efter maten och man har med liftens hjälp lagt honom tillbaka i sängen. Stängt dörren och satt larmet så att han möjligt kommer åt om han skulle behöva.

Pascal trycker aldrig på larmet, om han ens skulle behöva. Sådan aktivitet är inte för honom, resonerar han.

Ibland somnar han, ibland inte.

Idag somnar han direkt, vaknar med ett ofrivilligt ryck en timme senare. Försöker än en gång träda ur sin kropp och landa i den slitna fåtöljen borta i andra änden av rummet. Men hur han än försöker, lyckas han inte. Han skulle inte kunna förklara på vilket sätt han försöker, vet bara att han anstränger sig till det yttersta, så pass att han svettas ymnigt, pulsen stegras, men lyckas gör han ju inte, tvingas ligga kvar i sängen och tänka på inget.

Han kan tänka på sin syster. Henne tycker han om. Men han kan inte minnas henne när hon var yngre, lika lite som han kan minnas sig själv, hur han till exempel var när han kunde gå. Han kan knappt minnas henne alls, visualisera hur hon ser ut idag, nej, det går inte, det är mer en sammansatt känsla som gör nuet behagligt och får honom att glömma sina fruktlösa försök att befinna sig någon annanstans än där han är.

Mest ligger han som en orörlig grönsak med ett pumpande mekaniskt hjärta som vägrar ge upp, liksom önskar att han tappade en skruv av avgörande betydelse.

Ordet skruv får honom att se otydliga bilder framför sig som möjligt kan påminna om en stor maskinhall, en fabrik, där han kanhända känner igen sig – en form av möjlig igenkänning: känslan att det haft en betydelse för honom en gång… Men starkare än så blir det inte.

Nästa dag missar han gryningen. Och djupsömnen, under nattens timmar, har inte varit stabil. Skälvt har han gjort som ett fruset barn, ett lite ynkligt ensamt barn som efter en lång härlig dag vid stranden – en liten pojke som haft så kul att han glömt sin utsatthet, plötsligt upplever sig kall och nedkyld: solen som går i moln, regnet som närmar sig från havet, vinden som blåser upp, mörkret som plötsligt jagar den lille pojken, och modern som inte tar notis om honom, skräcken han känner, modern som endast manar på barnet att det är dags att åka hem, att gossen måste skynda sig – han, barnet, som skälver, vaknar upp och skälver, skakar, går i kramp. Growlar.

Ingen som hör honom. Varken nu eller då. Mamman är redan vid bilen och han får själv finna tillbaka – han, spillran av en människa. En liten pojke omsluten av mörkret. På väg mot bilen han inte kan se.

Hela dagen går i moll. Han får inte i sig någon mat. Inte en tugga. Och man får använda sked för att han alls ska få i sig vätska.

Man låter honom ligga i sängen. Stänger dörren och håller sig borta.

Muntorrhet. Läppar som klipper hål i luften, får det att dofta eter och elektro chock terapi.

Det är då han lämnar sig själv. För första gången ser han sig själv liggande där i sängen med tom blick och svag andning.

Mer än så blir det inte. Efteråt tror han att det var en av de sällsamma drömmar han trots allt ibland får, sådant som stannar kvar med fyrens rop över dimhöljt hav. Psykiatrikern kallar dylikt för vanföreställning – typiskt honom, Pascal den obotlige.

3

Spegeln: *Som om det sista äkta kornet av hopp lämnade honom i samma stund. Det måste vara eoner sedan han såg sig själv i spegeln. Verkligen betraktade sig själv. Det bara föll sig så, en morgon, man hade lämnat honom i hast på toaletten framför badrumsspegeln, grannen, Signe, hade ramlat, brutit lårbenshalsen, ambulansen var på väg, och han kvarlämnad... han, som alltid brukade undvika att se in i spegeln, hade släppt taget, med stor möda lyckats höja blicken och verkligen sett... det tog en god stund innan han fattade vem det var hans ögon mötte.*

Som han har förändrats! Avhumaniserats. Spillran av en man.

I ljuset växer grässtrå ur hans kranium, naturen har liksom tagit över, huden är genomskinlig.

Transparent – i huvudsak likt en öronmanet uppspolad på stranden i augusti. En geléklump snart omöjlig att se igenom.

Kapillärer rör sig som maskar över huden. Under huden.

Blå- och rödtonade. En del sprängda.

Han doftar mer mylla än något annat.

Oljespill vid kusten.

I bakgrunden svarta fåglar med klapprande näbbar som nogsamt följer varje inre rörelse han tar sig för. Sitter på rad längs med stängslet utanför alla fönstren som vetter mot gröningen och ser in genom den öppna toalettdörren.

Har han någonsin gått som en man, gatan fram?
Pascal, visst var det väl han som stävjade ekot!

Under så kort tid, vad kan det röra sig om – – – är han så förändrad att det ger Pascal frysningar och därtill skakningar av sådant slag, han sällan annars upplever. Går inte att känna igen. Varken Pascal eller honom. Bild: det var på kullagrets tid. Då varenda arbetare på fabriken galopperade fram och tillbaka som galningar i maskinhallen. Det blev bara för mycket. Så mycket ondska i deras blickar. Stigma i deras händer. Rovdjur i deras käftar. Det ögonblick förmannen stiger in genom minnets dörr, ropar hej, slår Pascal med öppen handflata över båda kinderna, slår sig ner med sitt yviga kroppsspråk i fåtöljen, hasar intill sängen, och Pascal, i otakt med sig själv, som han vanligtvis brukar vara i sådant sammanhang, går i kramp. Det börjar med benen och sprider sig uppåt. Scenariot slutar med att den besökte krampar så våldsamt att personalen rusar till – påminner om en buffelhjord i panik.
Står och fnyser runt hans säng. Sparkar otåligt med bakbenen.
Man tvingas ge honom Stesolid och det rektalt.

Således: sliter man täcket av den krampande, drar ner nätbyxan, ut med blöjan, särar på skinkorna, gräver i rövhålet, masserar och knådar till sådant isande skärande lugn ingen kan undkomma. Stolpillret som klär allt i vitt. Avfärgar världen. Som om Pascal vore en omålad abstraktion, slukad av den vita väggen. Eterdoft. Sprakande elektriska trådar med kalla assietter fäst på bar hud, obarmhärtigt tryckta om skallbenet och sinusknutan, slamret från sköljen, det kan vara bäcken, eller något som spolas bort. Ett skärt, genomskinligt hjärta. Och sedan kantinmat som både doftar och smakar metall.

Det var också stort att förmannen kom – det var ett tag sedan.
En livstid.
Trodde förmannen glömt den som inte ska bli ihågkommen.

Och därefter, hur man andas tillsammans, som man, enligt Pascal, aldrig förr gjort.
Förvånansvärt samstämda – man tillhör inte ens samma generation.
Men förmannen vet inte om att Pascal ser genom vad som sker.
Låt oss uttrycka: ser mer än flertalet.
Det har förmannen aldrig förmått. I det är han likt övriga den orörlige genom åren mött.
Vad har gubben hos honom att göra?

Att den besökte har förmåga att intellektualisera kring vad som upplevs, vad som sätts på pränt eller inte.
För var och en är, Pascal, den inre, dold.
Likt för många i samma situation som Pascal, har man inte en aning om vem man möter.
Stigmat sitter djupt, ekar genom sekler och biter sig fast i var och en på ett omärkt… men också brännmärkt sett.

Bäst att tala med någon som har alla hästar rätt i stallet.

Pascal tänker: klingat av, fallit samman, fallit ner. Liksom gjort sitt. Strax. Det gick fort.

Hur hans belägenhet materialiseras i rummet för den observante, skapar trängsel, mättnad, gör det svårt att andas, hur man kan röra vid hans förfall – sjukdomen som tar överhand och tränger undan … vad kan man undra – han finns egentligen inte mer.

Det är inte honom man rör vid, ser på, umgås med. Sysslolöst.

Likt ett pärlhalsband mellan fingrar. Sådant ter sig det hela.

Och därefter smattret när pärlorna sprids över golvet från vitnad knoge.

I plural går det mesta i kras. Tal om enhet, kan man knappast väga på tungan.

Han ligger före i förintelsen. Har mer av frånvaro i sig, än han innan förstått.

Kanhända är han kroppsligt sjuk av något slag?

Kanske kräfta. Baklängesgång man ser på havets botten.

Eller bland flodens sörja – och gäddan den nyckfulla, på lur i den svarta bottenlösa sjön.

Ett otyg som knipsar av – sväljer en hel.

Tar god tid på sig. Havssalt som fräter i öppningarna.

Det går helt enkelt inte att se honom i sin helhet.

Partier saknas både här och där.

Slits iväg med strömmen från alla professionella.

Det är först senare Pascal förstår att det handlar om själen.

Aldrig förankrad. Uttryckt i fullaste blom.

Fast han är en jävel på snapsvisor.

Man kan säga att havet upplöser honom. En lösning så god som någon annan. Passar utmärkt – det är inte alls långt till kusten.

Bränningarna når längre än man kan tro. Erosionen märks först i efterhand.

Hans jag, personlighet – alla öppna sår som svider i saltet. Hudlös. Eller så får måsen sig ett skrovmål.

Association: Nedsänkt i ett gyttjebad. Skrubbas så det blöder av grovhuggna händer. Först fötterna, benen, sedan resten av kroppen.

Alternativt: som en töande isskulptur av all sol om våren.

Man kan också säga: för det nya. Neon över Sunset strip.

Han har väl egentligen aldrig funnits.

En själ – no way!

Han har aldrig varit en sådan som fastnar på kort.

Tanke: skalbaggen, ryggläget, omöjligheten att vända sig om.

Möjligtvis kan systern få för sig att Pascal kan känna eller ana sådant själsligt kval, då hon, utan vidare jämförelse, befinns nedgrävd i själva släktskapet. En jordhåla med alltför slirig lera att ta sig upp för. Men reflektera och formulera, tror inte ens systern, Pascal om. Det gör ingenting. Spelar ingen som helst roll. Den besökte är van. Hur skulle det kunna vara på annat sätt? Ett lallande vrak utan sjukdomsinsikt i diagnosen.

Formuleringar som aldrig kan sändas iväg, aldrig nå annat än tillbaka till avsändaren, det slutna rummet, en studs mot väggen – ständigt denna inre monolog som ingen känner till att den institutionsbundne har talang för. Sådant har det varit så länge Pascal kan minnas. Sedan första gryende tanke tog fäste.

Sedan den första dagen.

När förmannen lämnar: som det som nyper i kinden – är det med ett elakt leende. Om blickar kunde döda, hade tyrannen varit död.

4

Överallt, i alla sammanhang har Pascal bemötts som betydligt mindre än han är. Och han är inte ensam: alltför många bemöts som reducerade av det som sägs vara mänskligt utan att kunna rätta till saken.

Egentligen är det väl ingen som bemöts för den han är.

Så väl känner vi inte varandra.

Snarare som ett mainstream: antingen faller du in eller ut.

Grunden han som ung sökte, utan att riktigt veta vad…

Räddningen är att med tiden just bli som alla andra.

Hur nu det ska gå till?

Det är knappast önskvärt.

Men man får försöka.

Mor sa: man vet aldrig var man har dig – den du visar är en annan än du tänker.

Och så berättar mor för styvfadern som slår ynglingen utan att förstå av vilken anledning – attityd: den grabben begriper man sig inte på.

Livrem mot naken stjärt. Pisk.

Röda ränder – kommentar: en del spricker upp, vilken sörja! som Joes sönderslagna boxarmun han sett på TV. Köttet ligger bart, går paradoxalt i rosa, små ägg man efteråt på hospitalet sugit rent från allt blod.

Rygg, bakben, eller fram på … vad som än kom i hans väg. Fisk.

Knytnävsslag i oskyddad diafragma, krossa näsan med rak höger.

Framtänder som pulvriseras av storsläggans distinkta bana – regnar över vardagsrummet – en ensam tandflisa funnen i mors blomkruka.

Sådana tillfällen var det bäst att hålla sig borta.

Göra sig osynlig. Fly. Slinka ut genom köksdörren.

Vandra kring på gator och torg så länge man orkar.

Ta skydd i mörkret, ett språng ner i en uppbruten källare, ett hopp in i stadsparken, blanda sig med svarta träd och mörkgrå buskar. Småmuttra och känna sig hemtam. Etc.

Och sedan traska hem på efternatten och kolla läget. Hålla andan!

Förhållningssätt: som ingenting.

Vid tre halv fyra då gubbfan vanligtvis sov tungt.

Gatlyktorna slocknade en efter en.

Timmen ingen med vett och reson håller sig vaken.

Timmen statistiskt sett flest liv går till spillo – rosslar till och är borta. Som far. Lämnade gudsfrånvarande värld med ett schvung. Det skedde i sovrummet. Mor skrek på morgonen, likaså Pascal.

Pascal borde ha stuckit brödkniven i honom.

Som en krigare.

Det var kanske det han gjorde. Styvfadern är död han med.

Hans vredesutbrott har varit sällsynta men kraftfulla.

*

Vi, förbisedda, avsiktligt förträngda, förpassade, undanstoppade, satta på undantag.

Easy att frångå, sätta på uthus – vi, de obotliga.

Stackarna, man kan inte göra annat än att bli av med sådant slagg så fort det passar, till så låg kostnad som möjligt.

Man säger: vi jobbar på det – och slinter med hammaren.

Man säger: Vi har ingen möjlighet att ge dig ett annat boende än på ett hem för dem som har gjort sitt.

Alla dem som inte har annat att göra än att ligga och vänta på att dö.

Vara femtiotre år och bo bland de som är nittio.

Vara en av dem som gjort sitt.

Beslutet var enhälligt.

Dödscellen inredd.

Man sa: Vi kan inte garantera att vi svarar när du larmar.

Under natten har det fallit en hel del snö. Enligt statistiken mer än vanligt. Tågen har slutat gå, bussarna likaså, och bilarna får grävas fram. På nyheterna säger man att skolorna håller stängt, att speceriaffärerna och bankerna öppnar flera timmar senare än vanligt. Landskapet är tigande och stillastående. Ett slags hämta andan tillvaro som innehåller såväl möjligheter som avslut. Mest avslut. Det var samma väder när hans far begrovs, flera decimeter nyfallen snö och timmen efter, svår kyla på det. Man fick skjuta upp själva nedsänkningen i jorden. Men begravningsakten hölls som planerat. Det var inte så värst många sörjande. Far höll sig mest för sig själv. Av honom ärvde han enslingens väg.

Han grät inte, kände märkligt nog inte mycket, stängde av varje känsla som pockade på. Det tog år innan det började sippra in, gavs gestalt.

Det var i det sammanhanget Pascal fick ett av sina sällsynta vredesutbrott.

Utbrottet skedde på sjukhuset, varför den unge mannen snart fann sig fastspänd på en brits i ett kalt rum som liksom doftade surt och bittert av lik och sött av blod. Sprutan man gav honom, ökade på – ja, det tog år innan han förstod varför han blivit så upprörd.

Han minns, »Härlig är jorden« och »Gud är oss en väldig borg.«

I den sistnämnda psalmen strider Gud mot Djävulen medan människan håller sig i bakgrunden – varför den psalmen valdes, vet han inte.

Men man känner inte allt hos en människa.

Inte ens om det är ens fader på jorden.

Han minns far som snäll, god och kärleksfull. Ibland så kärleksfull att det rann över och nästan kvävde en sådan som Pascal.

5

Han såg henne komma gående över fabriksgolvet som hon alltid gjorde.

Han såg henne komma gående över fabriksgolvet som hon alltid gjorde, från andra sidan av lokalen.

Han såg henne komma gående över fabriksgolvet som hon alltid gjorde, från andra sidan av lokalen, via den halvöppna metalldörren, likt en hägring svävande och dallrande från en obestämd horisont – så närmade hon sig, gick med säkra steg, mellan rader av hackande och brölande maskiner, förbi rader av fabriksarbetare, förmannen i blått som pekade åt städarna att sopa upp allt spill som låg strött på ett illa sätt över golvet där hon kom gående – i hans sinne: bana väg för henne. Hon kom alltid i knälång kjol, hudfärgade nylonstrumpor och matchande överdel – plötsligt belyst av en intensiv morgonsol, vars ljusstrålar, från en ensam taklucka, fick hennes näpna gestalt att skimra överjordiskt där hon skred fram som en prinsessa från äldre tider och bara hade ögon för honom. I bakgrunden metalldörren som slog igen. Rader av hackande och brölande maskiner, omgärdade av en silvergrå rök: odrägliga moln av metalspill – uråldriga fabriksarbetare, vars utslitna händer, kroppar som för länge sedan förlorat sina taktila

drömmar – rör sig i fixerade banor i skuggan av folkhem-
met. I korridorerna talas det om nya tider.

När hon sedan gick förbi honom vek hon undan med
blicken, hennes kinder blossade, utstrålande den sensiti-
vitet som för ett ögonblick fick honom att liksom mista
andan.

Han vågade aldrig vända sig om efter henne, vågade
aldrig vända sig om och se hur hon gick bort mot kon-
toret, slank in genom kontorsdörren och försvann förbi
verkstadschefens rum, konferensrummet och vidare mot
den inre kontorsdelen där högre chefer hade sina rum. På
kvällen runkade han som besatt, släppte satsen hastigt över
lektyrflickans nakna bröst – och skämdes och blygdes då
det var kontorsflickan han såg framför sig.

Vid ett par tillfällen smög han in på kontoret, förbi verk-
stadschefens rum. Men hjärtat bultade så våldsamt att han
snart vände sig om och sprang ut på fabriksgolvet igen.
Längre kom han aldrig. Inte ens i drömmen.

När han i fantasin slutligen kunde möta henne, förnimma
hennes värme, hennes outgrundliga blick, åldrades hon
med ens – hon, plötsligt en mycket gammal kvinna, tand-
lös och skrumpen, murken och asklik, död och begraven,
man säger maskäten. Hon rann hastigt ur bilden som smör
eller snö i stark sol. Det var som ett straff för den som är
obehörig.

Att kyssa henne ömt, hålla om henne lutad mot båthuset,
beröra hennes smala armars vidöppna porer, nackens böjd-
het, lägga henne ner i ekan, och han bredvid, glida ut över
sjön, pressas samman, andas som ett klot och se upp mot
rymden, alla stjärnor som tändes, månskäran som kitt-

lade deras kroppar med sin silvriga spets... kluckandes mot okända farvatten, vågade han först i efterhand bildsätta – som man säger, ta till sig som om det vore sant.

En dag var han utslocknad – kunde helt enkelt inte arbeta mer, omöjligt trä kulor lager på lager som en illasinnad pärlförsäljare i gränden för de förföljda. Omöjligt. Verkstadschefen sa att han aldrig visste vart han hade honom. Att Pascals tankar alltid befann sig utanför fabrikslokalen. Lat och undflyende. Falsk och insmickrande. »Vem fan vill jobba i hans lag!« Han låg och skakade i ett hörn. Kände hur alla var ute efter att förgöra honom och lyckades.

Den sista bild han har av fabriken, ögonblicket han bärs ut på bår, fastspänd på väg till sjukhuset, är av henne, kontorsflickan, han vet egentligen inte om det är en dröm eller något som faktiskt hände, men han säger sig se framför sig hur hon står mitt i den klunga som samlats av all uppståndelse han och kanske framförallt verkstadschefen förorsakat, skocken av ansikten, de flesta med förvånade, några bistra, överlag nyfikna ansikten, alla dessa undrande ögon, som ser hur man bär iväg med honom, han, Pascal, aldrig egentligen vän med någon – kanske finns det en brottningsscen som föregår, en lugnande spruta, han minns inte riktigt. Fabriksarbetarna som står och ser när man bär in honom i den väntande ambulansen... och där, mitt i skocken, hennes ansikte, hur det lös om hennes ansikte, liksom stjärnbestrött, glansen i hennes ögon, mildheten och ömheten... en ocean av kärlek, längtan efter att få tillhöra någon, att vara en del av livet, hur hon just tillfredsställdes i sin längtan under detta ögonblick när hon stod där i skocken av tysta förvånade fabriksarbetare och såg in i hans ögon, som genast stillades, för att sedan hos båda förbytas i smärta och olidlig ensamhet – som att känna igen sin saknade hälft, själsfrände, hjärtevän, veta att det är den personen man tillhör, endast tillsammans med den personen man kan bli hel – hur världen så rasade samman. Typiskt honom. Och det liv som vigts åt honom av den ständigt frånvarande guden. Det sista han såg av henne var ögonblicket innan man sköt in båren i ambulansen, hur hon liksom sträckte på sig och plötsligt blev huvudet högre än alla andra, hur skräcken i hennes ögon lös igenom, hur hon visste, ja, hur båda visste, att detta ögonblick av samhörighet som skänkts dem, som brutalt kom att brytas sekunden därefter, innebar att de åter var ensamma, var och en på sitt håll, ännu mer ensamma än de någonsin varit. Att det var det enda ögonblick som skulle ges, aldrig mer upprepas, och sedan skjuts båren in, sväljs av ambulansen, bakdörren slås igen och man far iväg med blåljus och han skriker… Growl.

*

Systern: Jag satt sidan om Pascal. Det var söndag. Eftermiddag. Jag var ledig från mitt arbete. Pascal låg utsträckt på sin säng, hans ögon var vattniga, osäkra eller tömda på innehåll, liksom utan gnista, det rann saliv från ena mungipan, han andades stötvis. Jag talade lugnt med honom, berättade sådant ur mitt liv som var ljust och trivsamt, om döttrarna, katten därhemma, klurade ut händelser med en munter underton, en humoristisk knorr, sådant jag visste eller trodde mig veta att han kunde ta till sig, tycka om. Jag fick honom att le, hur det liksom nästan obemärkt ryckte i hans mungipor, torkade bort salivsträngen som rann från hans ena mungipa, via hakan ner mot halsen, och undrade vad han djupast tänkte på. Han svarade inte, hur kunde han svara? Han bara andades sådär i stötar – ögonlockens fladder som trollsländan på ängen från barndomens landskap. Han hade blivit sämre, hade kanske inte långt kvar, vilket utan tvivel kunde bero på platsen han var på – ett ålderdomshem där medelåldern är nittio, han femtiotre. När jag lämnade honom, satte mig i bilen och körde hemåt, såg jag hans försök till leende framför mig – samma leende som när han var barn. Skimrande, bräckligt, tveksamt. Inåtvänt. Snart slocknat.

Systern: Min önskan är att ta hem Pascal. Jag har talat med honom om saken. Sagt att från kommunens sida har jag deras välsignelse. En vit lögn. Jag vet inte hur många gånger man sagt åt mig att det är bättre att han är där han är, att jag tar mig vatten över huvudet. När jag påpekar att min bror endast är 53 år, att han knappast passar in med dem som är 30-40 år äldre, slår man ifrån sig med händerna i en uppgiven gest, menar att det ligger något av betydelse i det jag säger, men att man inte har något alternativ.
Att man då får ta kontakt med en annan kommun, vilket jag väl inte tycker vore optimalt.

När jag påpekar att min bror har rätt till LSS, att han faktiskt hade LSS, att jag forskat, att LSS inte är något man kan bli av med. I synnerhet inte på grund av den tillbakagång Pascal genomgått. Oavsett grad av funktionsnedsättning har man rätt att få sin livskvalité tillgodosedd. Det är vad LSS handlar om. Vad SoL ytterst åsyftar. En rättighetslag för den med långvarig funktionsnedsättning vars avsikt är att se till att man får möjlighet att leva på samma villkor som andra som inte är funktionsnedsatta. Att kunna välja sitt eget liv. En grundpelare för mänskliga rättigheter. Och det kan omöjligt sägas vara Pascals sits.

Men Pascal vill inte. Det har jag förstått på hans blick.

Nu hör det till saken att Pascal sällan krävt något för egen del, nöjt sig med vad som varit, även om han kunnat få det bättre. När Pascal var yngre, tolkade jag det som ödmjukhet från hans sida, att han var nöjd med det lilla, inte ville vara till besvär. Nu tror jag att jag feltolkat. Han förstår helt enkelt inte vad som sker, hur illa han alltjämt blir behandlad, att LSS demokratiska aspekt sträcker sig så mycket längre än vad han kan ta in, även om man får kämpa i dagens läge för att få det man har rätt till. Jag tror också att han inte vill ligga mig till last, att han inte vill sätta sig i ett beroende till mig. Ett beroende han anser han aldrig kan återgälda eller frigöra sig från.

Kanske upplever han i det sammanhanget att han bara har mig, att min lösning skulle tära alltför mycket på vår relation, bli onödigt belastande, att han vill att vår relation ska vara friktionsfri, det enda han har som ger och inte slukar energi. Och det är en tankegång som är högst förståelig.

Men, käre Pascal, har jag sagt honom, det blir inte så, tvärtom ska han se mig som en tillgång, vi är familj, vi ställer upp för varandra. Att han skulle ha gjort samma sak för mig. Att se honom leva sitt liv bland nittioåringar är fruktansvärt. Att jag inte kan lova honom guld och gröna skogar, är sant, men att han kan få vara bland dem som förstår honom, som älskar honom – att vi har rätt att välja assistenter som drar åt samma håll, att vi kan göra utflykter och leva som femtioåringar gör.

6

Pascal har försökt lämna sig själv vid ett flertal tillfällen, stiga ur kroppen och känna sig fri, som en fågel kanhända. Han kan inte räkna antalet gånger, men varje ansträngning, som vanligt utan att efteråt kunna redogöra för vad och hur han har gjort, eller försökt göra, har inte lett till önskat resultat.

Sådant hokus pokus är omöjligt skulle flertalet säga.

Och i den andan kan han tänka att det vore trolleri som mer är påhittat av en sinnrik författare, än sant och verkligt för var och en som, likt honom, försöker sig på dylikt – ty magiker har han aldrig varit. Även om han sett syner, materialisationer som inte borde finnas, har det således tolkats som vanföreställningar och hallucinationer, ofta drabbad den som har diagnosen schizofreni.

Ett infantilt önsketänkande från en människa i en ohållbar situation.

Kanske var det något liknande en del av dem som överlevde förintelsen, eller årtionden på mentalsjukhusen, ägnade sig åt – en frikoppling som gav kraft att överleva...

En fantasins domän, bra att ha i bakfickan.

En dröm som vågas ta på allvar.

Men han har inte en sådan stark inbillningskraft.

Det enda han kan hoppas på är om det verkligen kunde inträffa.

Det behöver inte vara något storslaget, han är fullt nöjd med det lilla.

Om kvällen kommer Ella på besök. När mörkret fallit som en svart ridå över landskapet. Hon bär med sig ett värmeljus som hon sätter så att Pascal kan se det tydligt och klart. Ella är, tror han, ny på boendet. När hon kom och varifrån vet han inte. En dag var hon bara där.

Hon säger: Värmeljus är som små själar – från dem kan ens önskan gå i uppfyllelse.

Och plötsligt är det något som händer, det sker i samma stund han tänker på sin syster. Han vet att hon vill honom väl, att hennes önskan gör så ont att det är oerhört svårt att hantera för honom. Han vet att det är omöjligt ... han kan inte flytta till henne, aldrig. Så fixerar han värmeljuset som Ella sagt åt honom att göra, och då, hör och häpna, sker det oförklarliga, han lämnar sin kropp.

Står ögonblicket efter på parkeringen utanför äldreboendet och ser ner mot orten, ser i riktning mot alla ljus som är tända, allra mest tydligt där ortens centrum är beläget, kastar en blick på äldreboendet och traskar därefter ivrig i den riktning ljuset är som intensivast.

Anpassningen går förvånansvärt fort, det är som om Pascal inte har gjort något annat, som om den tid han varit orörlig mer handlat om en historia han läst, en roman om en stackare man kan gråta floder över. Tiden som orörlig krymper samman för vart steg han tar sig ner mot ortens centrum,

snart är det liksom lämnat som en slags minneskula han
kan hålla fast mellan tummen och pekfingret och sedan
knäppa bort – knäppa bort odören av allt obehagligt och
kraftlöst som sprids kring honom och i samma stund upp-
hör. Han som i ögonblicket är så stark och sprängfylld av
sprakande energi, stegen som lyfter från marken och gör
rörelsen så mycket snabbare än vad som i hans hjärna lag-
rats som vant och känt. Erfarenheten hur en människa för-
flyttar sig, avsevärt snabbare än om hon vore vältränad, låt
oss säga: en mil på tio-femton minuter.

Pascal står strax i centrum, efteråt kan han inte bedöma
hur långt det tagit från vårdboendet till huvudgatan. I stun-
den är han mer fokuserad på att känna igen sig, befinner
sig i ett hav av minnen, som av sig självt går in och ut ur
honom. Han tänker att han trots allt drömmer. Svårt att
veta. Kanske har det ingen betydelse. Känslan av verklighet
är dock stark.

Kinarestaurangen han under en period besökte och be-
ställde enbart vårrullar från – en rykande hög vårrullar på
tallriken, simmandes i soja – är sig lik. Samma drakmålade
rislampor i dämpad belysning, typiska tavlor med krigiska
hjältar från kejsartiden, muren som slingrar sig genom ett
bergrikt sagolandskap och undersköna kvinnor i fotsida
dräkter. Servitrisen är kvar, står aningen böjd över kassaap-
paraten, hennes tunna kropp, påminner om porslin, belyst
under en stark spotlight, fingrar med sina elfenbensvita
händer och får honom att le över hennes runda, självly-
sande kinder. När hon går ut i restauranglokalen för att
ta nästa beställning, klädd i samma vita blus och svarta
knälånga kjol som på hans tid, ser hennes ansikte pudrat
ut, kanhända för att ge sken av en bibehållen ungdomlig
fräschör. Hon tyckte aldrig om honom. Accepterade hans

besök enbart för att gästerna var få. Drog alltid ner kjolen över knäna när hon gick för att ta hans beställning. Snörpt mun. När hon återvänder från gästen ser hon bort mot fönstret där han står, men hon ser honom inte. Går vidare med likgiltig, tom blick. Pascal har svårt att avgöra om hon egentligen jobbar kvar på restaurangen eller om det är ett minne han ser materialiserat framför sig.

Den natten besöker han det fyravåningshus där han hade sin enrummare under så många år. Två kvarter bort från kinarestaurangen. Lägenheten har hans yngsta systerdotter övertagit. Ställer sig på parkeringen och kikar upp mot vardagsrumsfönstret, tredje våningen, ser att det är släckt, sveper med blicken längs rader av fönster, rött tegelhus med vita fönsterramar. Ingen hiss. Sista året fick man bära upp honom för trapporna. Så ser han grannen, den gamla kvinnan, skymten av hennes gestalt, hur hon plockar med blommor i köksfönstret och blickar ut över parkeringen. Hon ser honom inte. Han däremot tycks ha fått tillbaka sin goda syn han hade innan de första fysiska symtomen smög sig på. Medan han funderar över förändringen, svänger en blå bil av märket Saab 9.3 in på parkeringen, parkerar i en ficka alldeles intill där han står. Han känner igen mannen som stiger ur bilen, identifierar honom som son till den gamla damen, mannen är ungefär i hans egen ålder. Pascal går honom till mötes, känner honom tämligen väl, även om han i huvudsak varit skygg och hållit sig borta när sonen korsat hans väg. Vid ett tillfälle delade man en flaska vin tillsammans. Igenkännandet borde vara ömsesidigt.

Hej Peter – säger han, och ler.

Men mannen ignorerar honom, går förbi honom som om han inte fanns. Pascal står och ser efter honom, tänker att det kanske beror på att han burit sig så illa åt att den jämnårige inte vill veta av honom. En tolkning han vet kan stämma. En tolkning han känner väl igen sig i, samma sak har hänt honom tidigare. Hans skygghet har dessutom tolkats på en mängd destruktiva sätt, sällan sanna, däremot lättköpta. Eller är det möjligt att han kanske förändrats så pass att han inte känns igen? Skägget är väl detsamma men har blivit betydligt gråare, likaså håret, men så olik sig kan han väl ändå inte vara?

Stunden senare vaknar Pascal i sin säng.

Minns svagt vad han varit med om, men inte alls tydligt, avfärdar det mer som en dröm än något annat.

Värmeljuset är släckt. Vårdhemmet ligger i mörker.

Han kan inte ens komma ihåg att han lagt sig för natten.

Kanske, tänker han, är det hallucinationerna som kommer tillbaka.

Att han lämnat sin kropp, minns han egentligen inte alls.

Hallucinationer och vanföreställningar är det sista han behöver i den belägenhet han befinner sig.

Allt annat illa, får räcka, tänker han.

Tidiga tecken måste stävjas medan tid är.

I gryningen är han ovanligt svag, frånvarande och intetsägande. Personalen får inte alls någon kontakt med honom. Dylikt ser personalen inte som märkligt. Typiskt Pascal, resonerar man.

Man lämnar honom i sängen, tänker att han säkert behöver vila, beslutar sig för att titta till honom en gång i timmen, vilket i praktiken blir en gång på förmiddagen och en gång på eftermiddagen. Mat är det inte frågan om. Han klöks vid bara tanken.

Ute är det mulet, rummet ligger i grådask, Pascal likaså. En typisk novemberdag. Svårt att veta vad som är inne respektive ute. På kvällen kommer Ella åter på besök. Tänder ett nytt värmeljus, går fram och håller Pascal i handen och nynnar en sång han någonstans känner att han hört förr.

Hur han än försöker, kan han inte minnas att han sett henne på avdelning Paradiset förr. Kanske är hon inte nyinflyttad, tänker han, kanske är hon på besök från en annan avdelning. Kanske från avdelning Nyckelpigan, avdelningen för dementa – dement verkar hon dock inte vara, vad han kan bedöma, vilket inte nödvändigtvis överensstämmer med vad personalen anser.

Där skiljer det sig betydligt, något han mer än en gång har upplevt.

7

Senare på natten stod Pascal åter på parkeringen utanför vårdboendet, som om det var det självklaraste i världen.

Man kan säga att förmågan att lämna sin kropp, plötsligt bara fanns där som ett gott verktyg bland andra att ta till för ökad livskvalité. Inte alls hokus pokus, eller diagnosrelaterat, tvärtom högst verkligt och sant. Det var som om det efter en lång förberedelse i hans undermedvetna, gavs honom en styrka att inte bara resa, växla position och lämna sin utsatta och torftiga belägenhet, utan gav honom möjligheten att se världen och sig själv på ett sätt han aldrig tidigare gjort. Ett verktyg som åter förmänskligade honom efter all avhumanisering. Var han ens en människa, lät omvärlden undra. Nu snarare en övermänniska – log han åt.

När Pascal åter lämnat sin kropp, mindes han tydligt hela händelseförloppet från föregående natt. Han kände sig övertygad om att han nu äntligen fått förmågan att på allvar utforska den teknik han så länge eftertraktat – att lämna kroppen, och det som om det vore till skänks från en högre makt.

Han begav sig med samma energi som föregående natt ner till ortens centrum och uppsökte åter Kinarestaurangen, steg in och satte sig för att beställa en hög med vårrullar, att avnjutas tillsammans med en Arboga stark. Men trots att det endast fanns ett par gäster i restaurangen och servitrisen från förr gick förbi hans bord så nära att hon enligt hans känsla nuddade vid hans arm, observerade hon honom inte. Det var som han inte fanns. Samma känsla han upplevt natten innan på parkeringen utanför hans gamla lägenhet. Peter som bara gick förbi honom som om han vore luft. Överfört på servitrisen blev han först arg och irriterad, till slut beklämd. För att slutgiltigt konstatera och för sig själv bekräfta det han någonstans haft på känn – han ropade efter henne, reste sig från sin plats och gick efter henne, rörde vid hennes arm… hon reagerade inte. Hon såg honom inte. Kände inte av hans beröring. Han var osynlig. Förmodligen, tänkte han, är det ingen som vet om att han lämnat rummet, sin säng, han ligger säkert kvar som inget hänt. Till synes djupt sovande.

Att han var utanför, kunde inte ens Gud ändra på. Det var den lott han tilldelats i livet.

Pascal promenerade vidare. Han tänkte att han borde besöka systerns radhus, och i samma stund tanken uppstod, var han där. Systern var vaken, stod och rökte på altanen. Pascal gick fram, såg på henne, upplevde henne bekymrad, tankfull, därtill nedstämd, tänkte att hon åldrats en hel del senaste tiden, att han inte trodde det handlade om döttrarna.

Han slank in i bostaden, på köksbordet låg en bunt papper, han ögnade genom de översta, förstod att det handlade om honom, hennes ansökan att få hem honom till sig, att han skulle slippa bo bland åldringar. Det är tydligen en hel del formulär som ska ifyllas, motiveringar som ska ges, inkomstuppgifter och annat som ska beskrivas, tänkte han.

Sådant gjorde honom ledsen, han kände en våg av kärlek till systern, hon ville honom så väl, det bästa. Men han visste att det aldrig kunde bli så, att han inte skulle klara av det. Dessutom kände han på sig att tiden var knapp, han hade inte lång tid kvar, kroppen orkade inte länge till: kroppens orörliga tillstånd och hans själsliga utarmning.

Att han i nuläget befann sig så att säga på fri fot, fick honom att tänka att han gavs en avslutande möjlighet att pussla samman, lappa ihop, förstå sin belägenhet i ett större perspektiv... tillåtas en sista resa. Pascals sista resa. En gåva utöver det vanliga.

Som krävde allt av hans krafter som ännu fanns kvar.

Pascal gick vidare i systerns hus, rum för rum. Ett av sovrummen var halvtömt, en gång den yngre systerdotterns rum, lillflickan som nu bodde i hans lägenhet nere i centrum på orten – han förstod att rummet var tänkt för honom. Pascal steg in i rummet, på den ena långväggen såg han en teckning han genast kände igen, en teckning han ritat som barn, nu inramad och uppsatt på väggen i det rum som var avsett för honom.

En glad teckning förställande ett färgglatt hus, en glad sol, en glad mamma, en glad pappa, han å hans syster, uppställda bredvid varandra på gårdsplanen, blommor i glada färger, två glada hundar som lekte på gräsmattan – kanhända drömmen om hur han ville ha det men aldrig fick uppleva. Drömmen han allra mest önskade sig.

Nej, han minns inte.

50

Efteråt tänker han att barnen är de enda som inte är glada, deras munnar är ritade som raka streck i rött.

Pascal blev så rörd att han brast i tårar. På avstånd hörde han systern komma in från altanen, hörde att hon stängde altandörren om sig, och i nästa ögonblick vaknade han i sin säng på äldreboendet.

Det är gryning. Och de känslor som väller fram i det ögonblicket kan bara den som varit där förstå.

8

Noir: Staden. Man är efter mig. Jag minns inte vad jag gjort som kan föranleda denna massiva förföljelse. Män i mörkfärgade trenchcoats, uppfällda kragar, filthattar, svarta lackskor (kanhända stilettklack), ärrade ansikten och svullna knogar ståendes i varje gathörn, kortpipiga pistoler som pekar mot mitt hjärta. Ingen säger något. Alla tiger. En del stirrar rakt på mig, andra är aningen undflyende, ser mot mig i hast och viker sedan undan med blicken.

Få söker fånga in mig, trots att flertalet är så nära att jag kan känna odören från deras utandning, en blandning av filterlösa cigaretter, billig whisky och dunster av blodstänk.

Pascal får känslan att man liksom inväntar rätt tillfälle, en snabb insats som går allmänheten obemärkt förbi.

Jag rör mig fort genom gatorna, för varje uppfälld krage jag tar mig förbi, vänder sig mannen åt mitt håll och följer efter på ett sådant avstånd att om han ökade farten kunde han lätt hinna ifatt mig. Det här är garvade män. Som vet hur man hanterar män på flykt.

De är många, antalet växer för var gata jag springer genom...

Stadsdel efter stadsdel, förbi de äldre husen med husfasader som hotfullt sträcker sig mot skyn.

Villorna… radhusen…
Ut genom förorterna, miljonprogrammet.
Folkhemsrädslan som driver på.

När vi kommer ut på fälten, ängarna, och längre bort klipporna och havet, måste det vara tusentals som står där vid gränsen mellan stad och landsbygd… som en mur olämplig för alltfler att ta sig förbi.
Och då vet jag att det är dags för mig …
Jag känner ingenting.
Om något, är det en form av välbehag som infinner sig…
Och sedan…
Vaknar jag…
I min säng.
Samma orörlighet som jag är van.

På näthinnan bilden av alla dessa noir män som står vid tomtgränsen och ser på mig. Snart med dragna vapen.
Som klapprande fågelnäbbar.

På näthinnan bilden av alla dessa noir män som står vid tomtgränsen och ser på mig. Snart med dragna vapen.
Som klapprande fågelnäbbar.

En stund senare vänder sig männen om, går in mot staden, en efter en, går där på rad och försvinner i gryningen…
Och jag, alltid lika förundrad över att jag lever.
Alltid lika förundrad – tänker: ännu en dag…
Också vänder jag mig om, eller kanske är jag alldeles stilla…
Rör mig, gör jag inte.
Hur skulle det kunna vara möjligt?

I gryningen, bilden av en kråka, en super-8 film på ett par minuter. Man ser knappt kråkan, främst något svart som färdas över en dimhöljd hed eller äng, som skär likt ett rakblad genom luften. Som ett svart kors över huset för de äldre. Avdelning Paradiset.

Maria, min syster står där, lika orörlig hon, som jag. Hon säger inget, sin vana trogen är hon tyst och betraktande, hon vet hur hon ska umgås med mig, vet vad som gäller när det kommer till kommunikation, samtal, rörelse. Resor.

Man står eller ligger helt enkelt stilla, säger inget, bara observerar.

Fångar så alla stämningar, eller vibratoner som rör sig över landskapet, såväl i det inre som i det yttre...

Ett grässtrå mellan tänderna.

Och havet, alltid närvarande, bruset – om än från fjärran, så finns havet där och bär allt... som havet alltid gjort, sedan urminnes tider, kanske någonstans i samband med jordens början... allt liv som simmade kring, krälade på botten, liv som kravlade upp på land utan att kunna resa sig upp. Vilsna hela bunten.

En del utvecklade vingar att flyga runt hela klotet med, andra fick starka ben att vandra och springa över de mest skilda landskap... en del återvände till havet, eller krälade fram över sanddynerna och ansåg att det var så det skulle vara...

Och jag, som kallas Pascal... utsatt för kråkfågelns godtycke.

Mina andetag som sprids över landskapet, söker sig till havet, får det att rycka i mungiporna.

Istider och öknar, bilden av lämmeltåg, alla dessa djur,

människor och växter. På väg eller stanna kvar. På väg eller stanna kvar.

Bergen, dalarna, skogarna, sjöarna, ängarna, och åter haven…

Fladdermössen som reglerar natt. Lärkan dag.

Änglar broderade som stjärnbilder över rymden, gatorna och galaxerna.

När jag slår upp ögonen står personalen över mig och säger att det är dags att stiga upp och ta för sig av dagen.

Jag har alltid tillhört det ofullbordade.

Det som ingen egentligen vet hur man ska handskas med.

Spelar det någon roll att vi alla består av mest vatten.

Vi.

Som havet.

Förfäderna som regndroppar.

Lyckan på hans hud.

Mor och far. Syster.

Leendes – utan minsta obehag från hans sida.

Man har glömt bort honom på altanen.

Det är lycka!

Han, Pascal, den lame.

Känner sältan från havet kittla hans näsborrar.

Regnet. Vräker ner.

Och sältan från havet blir allt intensivare.

Havet det enda som aldrig lämnar.

Som en enda vattendroppe. Förångas, det som en gång var Pascal.

Återvänder till det brusande havet. Som i en dröm. Allt.

9

Man hade utrett honom med de instrument som hörde tiden till.

Låtit honom genomgå alla tänkbara undersökningar.

Röntgen, datortomografi, ultraljud och blodprover. Fäst elektroder vid hans hjärna: under ett dygn låg han på sjukhuset medan hjärnvågorna drev fram på skärmen och gav avtryck för pannor i djupa veck. Resultatet uteblev. Man visste helt enkelt inte orsaken. Hans inre gick inte att avkoda. Pascals biokemiska strukturer avslöjade få insikter. Det hade spekulerats huruvida han fått i sig alldeles för mycket neuroleptika, tillika berg av lugnande- sömn- antidepressivt- och biverknings- tabletter, kapslar eller i flytande form som han tvingats sätta i sig under alla år.

Hur hans motoriska funktioner liksom vittrat sönder och förfallit å det grövsta.

Man hade talat om ärftliga faktorer, svävande antaganden utan säker grund eller relevans.

Man hade utrett olika neurologiska sjukdomar utan att få acceptabla svar att luta sig mot.

Likt en elektrisk ström av mardrömmar mindes Pascal alla underliga biverkningar kroppen uppvisat genom åren:

symptom som påminde om förgiftning: skakningar, stelhet, nedsatt rörlighet, finmotoriken som kanske försvunnit från första dagen.

Han hade kastats in i ett kaos av konstiga symtom, som stegrats likt en orolig hingst inför den som är ond i sitt uppsåt.

Koordination – no way!

Fokus – no way!

Viljeakt – absolut inte!

Från en fullt rörlig man, till det vrak han var idag. Det hade gått fort. På ett par år. Han mindes inte. Sådan klarhet låg inte för honom. Tack vare förmågan att lämna sin kropp på natten hade han återfått minnet över hur det var när han kunde gå, att bo och leva ute i samhället, hans kära lägenhet, låt vara att han var inlagd på stadens mentalsjukhus från och till – när yttervärlden blev för påfrestande, eller när omgivningen kallade på ordningsmakten. Han kunde fara i golvet, splittras likt en porslinsprydnad i tusen bitar, skrika, och känna all skräck för den ondska som brann runt honom. Alla dessa illasinnade som inte ville annat än att förgöra honom, utplåna honom från jordens yta, som nio gånger av tio lyckades med sitt uppsåt. Det fanns tusen sätt att gå till väga, en del genomskådade han lätt, andra var mer som ett avlägset vibrato, omöjliga att närmare lokalisera, men väl känna på sig, avlägsna energier som hastigt och plötsligt växte i styrka. Flera var ytterst brutala, lämnade ingen pardon. Drog fram macheten när han minst anade det. Eller spännbältet. ECT.

Hur många gånger hade man lagt in honom på en slutenvårdsavdelning?

Hur många gånger hade man argumenterat att det var för hans egen skull?

Hur många gånger hade man menat för andras skull.

Hur många gånger hade han fått nya mediciner?

Hur man experimenterat med honom, tryckt i honom psykofarmaka och annat, med nya namn, men samma grovhuggna substanser, eller i betydelsen nya kombinationer från likartade hopkok…

All okunnighet om människans inre de professionella uppvisade i kombination med särskiljandet som var lika starkt idag som på 30-talet.

Han hade prövat dem alla. Neuroleptika. Terapeutiska metoder. Tvångsåtgärder. Men hans paranoida föreställningar kom och gick oavsett vad man gav honom. Kanske handlade det mer om bemötandet än något annat.

Trots allt hade han haft ett liv att återgå till när han kände sig kurant nog. Haft egna strategier att ta till.

Två år innan de fysiska symptomen satte in på allvar placerades Pascal på ett LSS boende. Man ansåg att hans funktionsnedsättning var så omfattande att han behövde stöd i vardagen, att han inte kunde bo kvar i sin lägenhet. I det ansåg man att hans skov möjligt kunde reduceras då hans tendens att isolera sig riskerade höja hans paranoida nivå. Trygghet var vad Pascal saknade, sa man. Närhet till människor som kunde motverka hans paranoida tendenser – som kunde stötta honom att upprätthålla ett stabilt liv, ge honom en meningsfull struktur som motvikt när det illavarslande satte in.

Där hade man för en gångs skull haft rätt, tänkte Pascal. Kände hur det kliade i vänster öga utan att kunna göra något åt det. Han mådde bra på boendet. Höll sig jämnare i stämningar och tillstånd. Där fanns personal som hade närhet till sitt hjärta. Och man lät honom ha kvar sin lägenhet på orten som en önskan om en alltmer avlägsen framtid.

Det var när kroppen förföll som personalen inte ansåg att man kunde ta hand om honom. Man sa att det var omöjligt att ge Pascal rätt stöd på gruppboendet. Enhetschefen visste vilka blottor som fanns att utnyttja, tänkte Pascal, irriterad över att han inte lyckades ignorera kliandet. Kvarboendeprincipen är tämligen lätt att frångå för den som har makt nog, även i sammanhang där LSS är tilldömt, tänkte han. Om man kunde påvisa att de tekniska hjälpmedel som lastades ut på boendet, den handikappanpassning av bostaden man utfört, inte räckte till, skulle han flyttas på dagen. Och så blev det.

Att sedan kommunen inte hade annat att ta till än ett äldreboende med en snittålder på nittio år, cirka fyrtio år äldre än Pascal, fick man dribbla lite extra med innan saken kunde klubbas.

Avslutningsvis ett enkelt beslut i förbifarten, tänkte Pascal.

Man liksom vände på steken och argumenterade för att flytten var det enda sättet att upprätthålla de mänskliga rättigheterna.

10

Flickan från fabriken: Kontorsflickan han såg som i en dröm på lätta steg över fabriksgolvet. Flickan han drömde om som motvikt till allt det han aldrig bett om. Kontorsflickan som stal hans hjärta och aldrig lämnade det åter. I hennes ögon, fanns allt universum har att uppbringa. När man bar in honom i ambulansen, satte han ord på det långt senare. Hon hade följt honom genom livet, osynlig gått vid hans sida varje steg han tagit. Aldrig vikt från hans sida. Aldrig gett sig till känna. Stigit ut ur skuggorna och blivit hans. För alltid hans. Ständigt saknad.

Pascal står och ser ut över fabriksbyggnaden, följer det korrugerade plåttakets räfflade linjer, väggarnas eternit, symmetrin – lokalen, numera övergiven, »ner med kapitalismen« står det sprutmålat på ena långväggen. Byggnaden ligger bland skuggorna, industrialismen är död, inga gatljus att tala om i närheten. Maskinhallen ligger öde, Pascal tänker: som ett avslutat tomrum ingen längre har anledning att vara i eller uppmärksamma. En gigantisk grav över en svunnen epok.

Men i det fanns också en motsats där varje steg gav eko och snart alla dessa röster som kommer honom till mötes: desillusionerade fabriksarbetare med bistra ansiktsuttryck, händer som talar slavens språk. Varje valk i handflatan är som en textremsa över svårmodets tid. Man sa att man fick det bättre med snaran om halsen – och sedan måsarna som seglar under de hängande stjärnorna. Kvar finns alla dessa hål efter fästen, skruvar, skenor, bultar, spår av försänkningar, mörka avtryck, och mossan som tränger upp ur jorden, som spränger sönder fabriksgolvet – invaderas av naturen: jorden, rötterna, råttorna… regnet… myrorna. Fukten.

Visst fick man det bättre – knappast Pascal.

Plötsligt en bil, ett ödsligt men tvingande strålkastarljus över de vittrande våta väggarna, sönderslagna fönster som ger ifrån sig ett skärande… Pascal inbillar sig slutenvårdsliknande spel mellan skuggor och lysrörsljus vars kärna dödar allt annat. Atomsopor. Fenoxisyror. Asbest. Doften av elektricitet. Sönderbrända neuroner och synapser. Som brinnande barn i krig. Napalm. Haldol. En bildörr som öppnas och slår igen, steg över sprucken asfalt, en ficklampa som lyser in i den övergivna fabrikslokalen, dansar över drypande väggar och golv, Pascal som inte syns för den som är levande, ändå hårt tryckt, sammanpressad mot den fuktsjuka väggen, likblek. Industrivakten som skramlar med en tung nyckelknippa, likt en skötare på mentalsjukhusens tid, andas bedrövligt, bildörren som snart slår igen, motorn som startar, rosslar, vakten som kör iväg, Pascal som andas ut… Tänker att det är förbi med vakten också.

Spår av avtryck: en tatuering på fabriksväggen.
   Hur det kan komma sig är både lätt och svårt att veta.

Pascal, som andas ut, och just då kommer industrivakten åter, svänger in och kör omkring som en övernitisk inspektör eller förste skötare av sämsta sort på fabriksområdet med helljuset påslaget. Pascal som hinner huka när ljuset far in genom de sönderslagna fönstrena och sveper över delar av fabriksväggarna...

Pascal måhända paranoid som på förmannens tid.

När bilen till slut lämnat området gör Pascal detsamma.

Skyndar iväg längs fabrikshallens ena yttre långsida, längs med det dubbelt manshöga metallstängslet ... vidare, gata, gata, gata...

Det är då han får syn på henne...

Hon, går framför honom på trottoaren – mot ljuset, viker av och försvinner bakom en stor lagerlokal ... och sedan ett bostadsområde med få gatlyktor, sällan ljus i trapporna, möjligtvis röda ljuspunkter från en del fönster, i övrigt tomma, undflyende – inga gardiner eller blommor... om någon rör sig är det obemärkt. Syrehalten är låg. Närmast obefintlig.

Den som kör iväg från dessa kvarter har sällan ljuset på. Det är mörkt. Allt är mörkt. Även rymden slocknar och sotar igen.

Inte en enda stjärna.

Det gäller att ha ett gott nattseende.

Pascal är rädd, att han, som inte syns, ska synas i sådant scenario där ljuset är i total frånvaro. Han tänker att den som vanligtvis är i skugga plötsligt flammar upp och blir avslöjad av dem som går förbi, eller står och betraktar från de tomma fönstren. Hotfulla eller likgiltiga. Vad vet han. Gapande svarta fyrkanter som sväljer honom hel. Röda punkter från dem som använder kikarsikte.

Gatornas ödslighet. Ekot av allt som inte finns piskar sig fram längs husfasaderna. Viner mot de raka hörnen. Han ser henne inte. Pascal tänker, det var en synvilla. Ett minnets utskott från upplevelsen vid fabriken. En tidsglipa, utan innehåll. Han vet inte hur hon ser ut idag. Varför trodde han det var hon? Det kan omöjligt vara hon.

Och ändå har han känslan att han är något på spåren. Står liksom och väger mellan då och nu. Mellan linje och linje. En glipa, som från barndomen. Han promenerar i rask takt mot centrum. Över bron. Det svarta vattnet som rör sig lojt därunder. Här är det mer liv och rörelse. Husen är upplysta. Hörnen är åt det runda hållet. Pascals gång verkar må_inriktad fast han knappast har någon medveten tanke om vart han är på väg. Snart känner han sig hemma på ett sätt som kanhända har med henne att göra. Rörelserna blir mjuka och följsamma för honom – det är som ett minne återuppväcks där han tar sig fram. En mindre park, högresta popplar, kastanjeträd, en damm, änder som förskrämt flyger upp när han närmar sig, och Pascal, mer som en katt än som en människa, en parkbänk under en gatlykta och sedan tar parken slut. Hus växer fram mellan buskarna, flera hus, en gata, en port – och han tillsammans med henne, eller möjligt att han följde efter henne på avstånd. Visst är det hon som går in genom porten, snart är det tänt i trapphuset, och på tredje våningen, ett fönster som flammar upp, hon som rör sig därinne.

Han ser upp mot fönstret: och där står hon, kontorsflickan, blickar ut över gatan, han kan inte se om hon är gammal eller ung, men att det är hon, är han övertygad om. Hon ser honom inte.

Ögonblicket senare befinner han sig åter på hemorten. Nere på järnvägsstationen ser han klockans visare peka på fyra. Ett tidningsbud cyklar förbi, en taxi står stilla. Han känner igen bilen, siluetten bakom ratten, Bengt, han jobbar alltid natt, Pascal går fram för att byta några ord, en vana han la sig till med på den tiden han rastlöst gick omkring på gatorna och sökte göra sig av med all överskottsenergi han bar på. Ofta var natten den enda period han vågade sig ut, bryta sin isolering och andas, uppleva rymd, space och godhet. Bengt var den han pratade med. Bengt förstod honom, lät honom vara som han var. När han kommer fram till taxin, ser han att Bengt sitter och sover, hakan har fallit ner mot bröstet, i samma stund minns han sin belägenhet, omöjligheten att ta kontakt. Det gör ont. Lika ont som det alltid gjort. Han vet att han aldrig kan undkomma sin isolerade lott. Han är ensam. Till sista dagen.

Snart vaknar han.
Lika oförmögen som alltid att röra sig.
Kommunicera, är det ingen som tror honom om.
Pascal tänker på kontorsflickan.
Han fann henne aldrig – bara minnesfragment och synvillor från en tid som snart tvärvände och de skildes åt för alltid…
Pascal tänker tvärtom.
Pascal tänker att hans nattliga utflykter pekar på motsatsen.
En erfarenhet som, tänker han, ifrågasätter vad tid och upplevelse är. Men mer än så kan det aldrig bli för honom.
Hur man bryter igenom har han ingen aning om.

Pascal tänker att det är dags att lämna världen – kanske i den stund han går ur sin kropp nästa gång.
Hans kropp: ensam och bortdomnad i sängen, kvarlämnad, och Pascal som går och går tills det blir omöjligt att hitta tillbaka…
Havet som brusar med den kraft ingen undgår.

i rörelsen läker hon

I samarbete med Edla Jani

1

Historien börjar med trevande rörelser som snart växer utöver henne som vanligtvis faller samman. Hon som i huvudsak skär sig inåt och därtill paralyseras. Hon som har rykte om sig att vara aborterad, trots sin ålder, med tiden noga journalfört. Ett ovisst antal skärvor till synes irrande och osammanhängande vibrerande och skälvande strax ovan jordskorpan. Egentligen till sitt djupaste ursprung allt yvigare benrörelser tagna på en singlad grusgång från en avlägsen, fjärran tillvaro. En svunnen tid i huvudsak förträngd men aldrig overksam. Scenen utspelar sig på landsbygden, cirka två mil från närmsta stad. Vi ser henne stående utanför en glasad busskur, lite för sig själv, på självvalt avstånd, tvångsmässigt upprepat – vad hon gör där, är det ingen som vet. Ett gäng ungdomar befinner sig på insidan av den glasförsedda busskuren: man sitter på en nerklottrad bänk, klängande på varandra, högljudda till ord och känsla – troligt skyddande sig mot den omilda höstvind som oroligt och nyckfullt rör sig över det flacka landskapet. Enslingen står med kroppen vriden bort från busskuren, rygg och nacke envist frånvänt sett från ungdomarnas vinkel, ansiktet seende mot något avlägset och oidentifierbart. Ögonen svagt sökande, främst obehagligt stilla. Håret som en helikopter vars propeller löper amok likt tiden med Jerka. För den observante kan blicken avslöja hur den bortvända i huvudsak upplever sig förlamad och outhärdlig i sitt uttryck: vill helst sjunka genom jordskorpan, vidga själens asfaltspricka till förlösande ensamhet och ödslighet. Som att gå in i sig själv och gå ur i en annan värld.

Flera säger att man kan se genom henne som om hon vore av glas. Och i det är allt synliggjort eller tvärtom intet – tomt och innehållslöst, som om hon inte fanns. Ett antal singelstenar förfärligt skramlande i en rostig konservburk rullande av tilltagande vind på en ödslig grusväg. Stel och föga rörlig står hon och hoppas att väntan snart ska vara över – vinden piskar hennes hår, den svarta kappan klistrar sig runt hennes tunna, sköra gestalt, runt hennes kropp som ett strypkoppel för vanartiga, byxbenen som strävt slickar sig mot smalbenens utsatthet, påminner om sådant som borde vara avslutat, pumpsen blytunga... I detta ett knappt märkbart vickande på hälar och tår, armbågar som rör sig i takt med hjärtats pump, händer som knyter sig och öppnas i samma takt i kappans fickor. När bussen väl dyker upp, svänger av och burdust slirar stopp alldeles framför henne, står hon i kramp och konvulsion tills bussdörren sugs upp och drar in henne med sitt väldiga gap. Sväljer henne hel. Först då slappnar hon av. Får känslan av perspektiv. Avnavling. Ödslighet. Distans. Höger pekfinger i stereotypa cirklar längs med framförvarande stolsrygg. Ser genom bussfönstret hur oktobervinden stillnar och övergår i novembers dis. Får henne att hålla andan till det ögonblick det flyger fåglar ur hennes bröst. Hur hon i mörkret ser riktigt vacker ut i bussfönstrets spegling. Hon för fing-

ertopparna över sina kinder, näsan, ögonlocken… slätar
ut en bekymrad rynka i pannan. Lyckokänslan hon kan
känna i ett sådant ögonblick är inget hon själv styr över,
det kommer av sig självt, en konsekvens av vad som lämnas
bakom henne, vad som i stunden faller ur henne, frigörs –
sträcker förnöjsamt ut hennes läppar mil efter mil. Hon
sjunker i stolen, allt längre ner, sluter ögonen, vaggas av
motorns vibrationer och färgrika figurer där på insidan av
sina ögon, globerna som far från stjärna till stjärna. Silvriga
lianer i hast spunna av änglaspindlar. Hon minns knappt
hur hon kommer hem. Bara katten som stryker sig mot
hennes hals, och den behagfulla tyngden av ensamhet som
smeker henne till sömns. Ett fyravåningshus nedsläckt tim-
men efter midnatt. Svart regn som pickar likt korpar mot
alla rutor. Och alla dessa kajor som samlats i skymningen
bland trädens välvda kronor och på närliggande hustak och
unisont observerar henne där hon tar sig hem i den mörka
natten och snart somnar mot den blå kudden. Försänker
henne i ett hav av intighet.

I drömmen är hon snart jagad av sådant hon inte kan se
men väl oroligt anar – och sedan så väl känner igen. Hon
kräks över hur fort hon hamnar i onåd. Skuld och förban-
nad litenhet. Ett uppspikat beteende: som när saliven upp-
går i allt det blod som fyller hennes gom och nästan gör så
att hon drunknar.
    Minns: hur hon en gång sjönk i leran uppkrupen på den
plats som sedan urminnes tider kallas galgbacken. Barn-
hemmet: vid galgbackens fot, där folk hängdes för sitt utan-
förskaps skull, vibrerande av alla otäcka känslor hon kunde
ta på och känna igen sig i. Alla svarta skuggor som jagade
henne över åkern och vek av först vid farstukvisten. I dylikt

har få ting ändrats. Gör så att hon får svårt att andas av alla bilder som pockar på. Allt mörker som väller in och fyller golvet, väggarna, taket med allt det som är svårt att värja sig mot. Rakbladets lenhet, den enda goda beröring hon känner till.

Hon: Ivägskickad till den slutgiltiga lösningen för sin obotlighets skull. Skuggorna blir hon aldrig av med.

Lika bra att inse från första stund.

I gryningen står hon länge i duschen och skrubbar huden rosaröd.

Ren blir hon aldrig, men luktar numera gott av lavendel, honung, kokos, ibland vanilj. Torkar sig noga, klappar huden varsamt och grundligt. För fingertopparna över sina ärr – påminner om spindelnät i sensommardiset.

Och sedan fingertopparnas lenhet mot sin hals.

Kinderna. Läpparna. Liksom små öar av godhet.

När hon öppnar fönstret är åkerns skuggor inte längre där.

Inte heller dem som envist hängt kvar i staden, i gathörnen.

Det handlar om ett fåtal: öarna är oansenliga, kan tyckas svårupptäckta – men när det väl inträffar, när upptäckten är avslöjad, befäst, är det henne nästan övermäktigt. Stort och brusande som forsen om våren.

Anteckning: Känslan är helig, identifierbart med uppenbarelse.

Och alla kajor som plötsligt lyfter, svärtar himlen och flyger åt alla väderstreck.

Hösten – är det hennes årstid?

Hur det annalkande slutet skänker begrundan och därefter något möjligt som är nytt – annorlunda. En ny känsla.

I hennes slut är hennes början.

Novemberdiset skingras plötsligt för en matt sol och mellan trädens nakna grenar skimrar varsamma trådar av ljus som liksom spiller färg på färg in genom hennes tvådelade köksfönster – när hon för tekoppen till munnen går hennes händer, hennes långsmala fingrar i nyans med oputsad brons. Sådant får henne att skälva på ett sätt hon sällan annars gör. Som om dylikt är från första början.

Men hon vågar ännu inte följa känslan i hela dess längd – ett kort ögonblick av välbehag, sedan reser hon sig upp, spolar vatten i temuggen och ställer den klingande på diskbänken.

Det är först längre fram hon märker att hon inte längre har blodsmak i munnen. Det är först längre fram hon känner att hon faktiskt blir ren när hon duschar. Det är först längre fram hon kan minnas den åtrå hon känt inför alla färger det rullande klotet frambringar – hur starkt förenade känslan av beröring och färger alltid varit för henne.

Det är först längre fram hon kan gå vidare med större steg än hon kan mäta.

I stunden är hon ingenstans bestämt.

Varaktighet golvas för sin synlighets skull.

Det finns känslor som drar henne tillbaka, forsar fram oroligt och strävt och hektiskt, ibland så att hon bollar med rakblad tills hon blöder, ibland så att hon med ett välavvägt knyck på nacken kan skaka av sig obehaget. Gå vidare.

Det finns känslor som öppnar upp, gläntar på outforskade världar, äventyrliga tillstånd, känselspröt som får henne att le, vibrera av försiktig lust och vårlik bejakelse, små steg mot allt det som hon aldrig förr känt, aldrig förr vågat ta till sig.

Det finns känslor som stänger av, som liksom driver henne bortom det mänskliga, inte djurets... kanske stenen – fast hon tror att stenen känner mer än vad hon gör just då.

Det är då hon slinker ut någon annanstans – synligt blir stående på slätten: på sjukhuset kallar man det katatoni.

Efteråt tänker hon att man inte vet vad man talar om.

På gården står en medelålders man och stirrar på henne. Står mitt på gården, bredbent och arrogant, beter sig som han ägde världen. Han påminner om honom. Trots att hon vet att han är död, är det som han i stunden återuppstår. Hon tänker att det finns många män som han, sjuka män som inte vet hur man hanterar sitt inre. Män som går igång på hårda tag, makten över liv och död. Som inbillar sig att det är vad kvinnor vill ha. Att det är så världen är eller borde vara, att det är så kärlek mäts och tar sig gestalt, att det är sådant uttryck livet står och faller med. Får henne att öka takten, övermannas av skräcken inför all ondska världen ständigt uppbringar. All den missväxt som utgjort hennes landskap så länge hon kan minnas.

Hon har bestämt sig för att hon aldrig mer ska ha kontakt med någon ur sin familj. Varken hennes mor, far, syskonen, mor- eller farföräldrarna. De har alla gjort sitt i hennes liv.

Står där och brinner i utkanten av hennes synfält.

I första hand är beslutet ingen medveten tanke hon kan sätta ord på – istället en stark känsla hon äger, som hon själv valt att utgå från. Det kallas för hjärtats röst. Hjärtats röst som i stunden gör henne stark. Levande.

Som hösten, kan hon tänka. November. Rött och gult.

Och sedan all ödslighet. Vidsträckthet.

Löv som komposteras i myllan.

Just det som upphör att vara sig själv närmast.

Den ödslighet själssystern gav henne som gåva att få styrka genom.

Dö tänker hon ännu inte.

Det var genom modern hon alltid andats, fått liv, riktning och mening.

Utplånad men född.

Född men utplånad.

Att försvinna från sin mor är som suicid i sig.

I sådan rörelse växer revolten.

När hon vänder sig om, syns mannen inte längre till.

Hon har lämnat honom efter sig, mil efter mil.

Ett knappnålshuvud att trampa ner i allt det som novemberregnet luckrat upp. Press mellan tumme och pekfinger. Och sedan en växande lust att gå vidare.

En djärvhet som bubblar inom henne, svår att motstå, en djärvhet som också gör henne rädd, av och till skräckslagen.

I all sin vidsträckthet.

2

Bildserier av löv. Ovisst antal per sekund. Av och till pressade och torkade mellan boksidor. En outsinlig längtan efter att virvla i luften. Bokstäver som tar tid att bli hennes. Små kullar av löv. Begravningsplatser av löv. Löv som långsamt klingar av i ett borttonat eko. Löv som äts upp av myllan, sänks i vätan. Doftar stark förruttnelse.

Löv som för en kamp mot sin oundviklighet.

Löv som vägrar att dö.

Hösten är på väg in i vintern.

På håll ser hon sig själv dras ner i leran, i vattenpussarna, snart frusna och oåtkomliga. Vad som återstår, vet hon inte.

Kanske är det mest en dröm. Eller en början...

Den unga kvinnan kan riktigt ta på upphörandet som något fysiskt och sinnligt. Ett avklingande vanligtvis vikt för den som åldrats mer än kroppen mäktar med.

Väger betydligt mer än henne.

Hon med ens fjäderlätt.

Besatt av dess rörelse – liknar en utsträckning att känna åtrå inför.

Hon tänker att det är så det är att leva. En lindansare av rang kan man behöva vara.

Ovillkorligen: sömnen som lurpassar i den mörka tjärnen.

En attraktion hart när omöjlig att motstå.

Längta till.

En rovfågel som seglar över slätten, i allt det vidsträckta.

En måsfågel som landar vid strandlinjen, intill den som norpar.

Sig själv ovetande ett korn av den styrka Jerka och Lizette besatt.

Men också svaghet och skörhet så det förslår som golvar allt i sin väg.

Tankarna klarnar i takt med hennes promenad. Det är mycket skog där hon går. Vilsna björkar från Himalayas och Kashmirs bergsluttningar, vars raka vita stammar tecknas mot en grårökig himmel och sedan en mörknad stig som skär sig genom en intensiv granskog. Rader av tystnad och mörker som omsluter henne, som gör henne obemärkt rofylld, frigör hennes andning, får henne att ta sig framåt och känna världen omkring sig. Levande och närvarande. Berusande och ofantlig. Väcker känselspröt till liv som hör kroppen till men också själen. Klotet som rör sig inom henne. Hela vintergatan där. Även barren i lenhet. Känslor som får henne att förstå att det finns utrymme för den väg hon väljer eller avviker från. Känslor som gör henne stark. Mottaglig. Öppen. Sensitiv. För varje gång en fjärils rörelse som leder framåt. För varje gång ett minne som tvingas retirera, för allt det nya. Redan vid denna tidpunkt tänker hon att det är sitt eget hon måste följa. Skönja vad hon möjligt kan uppnå. Varje inbjudan måste ske med nogsam värdering. Hon är så skör att det är lätt att hon låter andra ta över och forma hennes väg, dylikt har hon sett hos sina medsystrar vid ett flertal tillfällen, i de flesta fall med olycklig utgång. Man blir helt enkelt en annan än man vill vara. Hur väl hon känner till den känslan. Liknar knoppar som aldrig går i blom. Som aldrig får möjlighet att uppleva och vara i sin egen kapacitet. Som drivs till tvingande korsbefruktningar, möjligt gynnande ett allmänt syskonskap men sällan nya arter, individer och nivåer – säregna och i flor på egna villkor. Knoppar som torkar ut där på grenen, och när vinden tilltar, obarmhärtigt faller av, blir till mull, till lera. Sörja. Ensamhet. Hon minns, den som vägrar liv, stannar kvar på insidan av ägget, vägrar konceptionen. Döda fast de andas.

På vägen hem andas hon kanhända friare. Det hon upplevt, har etsat sig på djupet i henne, tatuerats på insidan av hennes hud.

Blodet som grumlas likt en omrörd sjöbotten av dem som inte har där att göra. Hon som stiger ur havet tillsynes oberörd.

Hon har vågat känna efter.

Och i det en slags distans. Men också närvaro.

För ett ögonblick. Sedan faller snön.

Och hennes utandning som strör kristaller.

*

Hösten har övergått i vintern. Det märks på vinden, kommen från norr, isande, sätter sig gärna i märg och ben. Istappar i hennes ögonfransar. Istappsbarr. Och allt det vita som slukar mil efter mil. Upphäver gränsen mellan kultur och natur, det yttre för det inre och sedan (åter) större än Vintergatan. Större än Andromeda.

Hon själv och ingen annan.

Och därefter av tvång, (o)mänskliga villkor – förbannad litenhets skull: ett stycke återvändande till den gestalt hon strävar lämna. Varje steg som för henne framåt, bort från skogen, in till staden, förbi de gråsvarta åkrarna, driver henne åter plötsligt till de villkor som innebär motsatsen till det som är hon. Ett tillfälligt skört växande och sökande som tvingas retirera för all normalitet hon alltför länge av omvärld fängslats i. Ett skov som gärna följer vad psykiatrin uttrycker för sant om henne, hon, den aborterade, som troligt finns kvar mer som ett kvardröjande exempel än som något beständigt. Ett dominerande kopieringsfel vid ursprunglig celldelning. Och det, sedan generationer tillbaka.

Trapphuset påminner om sliriga golv och dörren till hennes satellitlägenhet är som en utskuren metalldörr, rakt in i väggen, med båren väntande – ett uppdykande minne i närheten av en illa utförd begravning. *Vem är hon att göra anspråk på livet?*

*

Hon slutar snart äta – går flera mil varje dag. Är så fokuserad och fixerad vid sin tanke att hon inte upplever att världen innehåller något annat som kan ha betydelse. Det första hon måste uppnå är att bli vacker – i vart fall till sin fördel. Så smal och vältränad, hon kan bli. Det är så hon tolkar villkoren för liv, utrymme och förankring.

Men när hon prövar kajal, skissar ögonmakeup, söker lyfta fram det som är blekt och intetsägande… blir allt som

ska vara vackert, fint och tidsenligt till sin motsats. Grå
är huden annorlunda inte anden. I sådana fall köper hon
minst ett kilo lösgodis, äter tills hon spyr – och om hon
inte spyr, sätter hon fingrarna i halsen, spyr tills hon blö-
der från munnen, från matstrupen, från magsäcken och
straffar sig omedelbart med att gå fyra timmar mitt i natten
så fort hennes spinkiga ben mäktar med, och varken äta
eller dricka efteråt. Bara svimma av där i sängen och inte
drömma om något.

Vad säger spegelbilden henne?
    Att hon saknar värde.
    Att hon bör sticka brödkniven i sitt hjärta.
    Vrida om och dö på hallgolvet.
    Utplånas med ens.

Levande har hon aldrig varit.

Får henne att för ett ögonblick genomskåda sina tankars
ursprung: hur det är hennes mor – låt oss vidga: vuxen-
världen som talar genom henne, de vuxnas sätt att spy ner
henne med all sin skit – och det får henne att spotta rakt
in i spegeln, åse hur saliven rinner som segt äckligt snor
nedför spegelns yta, och slutligen invaderar den bruna trä-
ramen… och sedan allt detta själväckel som får henne att
kasta upp – i huvudsak blod, kaskader av blod, vulkaner
av blod: äcklig röd sörja – det enda och allt som finns kvar
inom henne att tömma sig på.

Det forsar från hennes armar, köttiga sår uppfläkta utan
att hon har en aning om hur det kunnat bli så, och benen
lika blodiga, spricker upp som plötsliga sprickbildningar

i jordskorpan hon sett på TV – väller och spyr ut allt sitt hiskeliga innanmäte, inälvor och cellfradga och annat som är svårt att sätta fingret på vad det är – den uppskurna huden på magen, över brösten – hjärtat som ligger bart och pumpar likt den orangea giftmaneten vid strandkanten om hösten – och från munnen, bokstäver som rör sig osammanhängande, värre än ilskna insekter runt en surrande glödlampa. Även från öronen och ögonen rinner det mer blod än hon trodde sig om…

Hon springer ut vrålande och skrikande i det ekande stentrapphuset, är lika galen som hennes psykjournal beskriver, faller samman på ett fläckigt stengolv som alltid får henne att hallucinera om demonhuvuden som grinar elakt från gotiska katedraler. Spökhus och dunkla slott och förfallna låghusgator. På gården står mannen med de elaka ögonen, halvt i skugga, hon kan se honom när hon bärs iväg på en bår mot ambulansen. Ser hans galna blick, hans salivavsöndrande käft.

Man säger: hon är svag som en lägerfånge.
    Ett skelett man slänger i gropen.

Hur kunde det gå så snabbt? Det var ju inte längesedan hon drog i sig allt detta godis, allt kan hon omöjligt ha spytt upp, mer än vad man tror måste det satt sig i henne, förmodligen på det där osynliga sättet, i cellernas kärna, på kärlväggarna, vävnaderna, i hjärtats, leverns och alla andra organ: det man kallar fetthjärta och fettlever – ett benrangel till det yttre, fet och tjockmagad på insidan, en sådan kombination, tänker hon: typiskt henne!
    Hon tänker att tendensen måste ha funnits sedan födseln.

Hon kan absolut inte längre äta. Får kväljningskänslor av minsta tugga, för att inte tala om doften: finns det då ingen doft fri föda!

På avdelningen får hon en ångestdämpande kapsel exakt 45 min innan hon ska äta. Delmålet är att låta en, kanske två tuggor ligga kvar i munhålan, simma ner i svaljet och mums ner i magsäcken!

Detta och mer därtill har psykologen åskådliggjort med kurvor och diagram, och sedan fäst upp på väggen i hennes rum.

Det doftar mest järn om henne.

Och den smaken ger ingen lyckosam legering.

Om hon nämner ordet koppar, dyker det snart upp en uteliggare för att stjäla henne och sälja henne på skroten – så säger nattsköterskan, och skrattar så det ekar.

Det är på sjukhuset hon får för sig att hon ska röra sig samtidigt som hon låter en och annan tugga slinka ner.

Vrida på kroppen, röra på huvudet, blicken, som hon sett fåglarna gör.

Till psykologen säger hon att hon försöker tänka på kurvorna som något styrbart.

Konkretisera – hur hon så lätt blir en abstraktion.

En oformlig köttklump allt annat än medgörlig och följsam.

Revoltera med kroppens inneboende rytmik.

Fånga musiken i biologin. I födan.

Hon rymmer så snart hon får mod och tillfälle. Galopperar som det svarta stoet hon sett på TV, genom stadens gator, längs med stubbåkrarna, genom den vita björkskogen, mörkret bland granarna, de töande istappsbarren som orientering, in i tätare bebyggelse igen. Har en hundring i fickan som hon köper frallor, korvpålägg, jordgubbsyoghurt och äpple för. Gör sig korvmackor, öppnar yoghurten och äter och dricker om vartannat samtidigt som hon rör sig framåt med en våldsam frenesi.

Det är i rörelsen hon inser att hon gjort sitt i den värld man sedan urminnes tider sökt skapa åt henne. Den utmejslade värld man sökt forma henne till den människa hon absolut inte vill vara. Det är i rörelsen hon känner att hon kan finna något annat, något eget: med tiden egenskapat. Det är i rörelsen hon känner att hon kan lämna det som stänger. Det som stänger henne ute.

Det är i rörelsen hon på sikt kan frigöra sig från rädslan, våga språnget in i det som ska bli henne – i samspel men samtidigt bortom allt yvigare benrörelser på barndomens grusade singelgång. Bortom panikgång för sin vackerhets skull, mer själ och hjärta, om man så vill – mer av henne, den hon någonstans vill bli, egenvald och självstyrd.

När hon kommer tillbaka till avdelningen säger man att hon är utskriven, att det inte finns något mer man kan göra för henne. Att hon är för egen till person och sinne, dessutom vuxen nu att själv ta ansvar, att det är andra som behöver hjälp och stöd bättre än henne. Att hon får gå hem och ta tag i sig själv. Hon har ju i alla fall en egen lägenhet, det är det inte alla som har.

Man säger att hon är välkommen tillbaka (som dagpatient) om och när hon är mottaglig för all den terapeutiska kunskap och kompetens man besitter. Därefter överlämnar man ett litet knyte, en knappt halvfylld plastpåse med hennes personliga ägodelar: en borste, en t-shirt, ett läppglansstift, en tom halvliters ramlösaflaska, och stänger dörren om sig med en smäll.

3

När hon kliver ut från sjukhuset, när hon låter skjutdörrarna slå igen bakom sig, knäpper bort den till synes fallande huskroppen, likt en vilsen myra på kappärmen, vet hon att hon lämnar en gammal värld bakom sig – det räcker med att hon ser ner på sitt sätt att röra sig.

Som den som växt ur ett klädesplagg – en klänning för spinkiga. Knappast längre hon.

En sådan dag står hon framför spegeln och tycker om sig själv. Lägger omsorgsfull makeup, borstar sitt hår och målar tå- och fingernaglarna röda. En sådan dag klär hon sig i ljusa skimrande pastellfärger, mycket orange och ljusgrönt, tunna lätta tyger som får henne att sväva av all fjäderlätthet själen ger. En sådan dag känner hon sig fri i varje rörelse, följsam och egenvald, sträcker ut sina lemmar mot ljuset, mot rymden. Den vita solen som ger hennes lägenhet ett skimmer av himmel och änglars spröda vingar. Vita duvor som ser på henne med en innerlighet hon inte alls viker undan inför. En sådan dag lämnar hon lägenheten, svävar ner genom trapphuset, öppnar porten och följer vägen till havet – saltet, tången och sanden, viskar snart ömsinta ord i hennes öron och doftar på ett sätt hon sällan upplevt. En sådan dag promenerar hon med lätta steg, knappt vidrörande marken, hör strandskatan locka djupare och innerligare än den annars gör, och sedan, när hon väl ser havet, all vidsträckthet Vintergatan har att uppvisa, tar hon av sig sandaletterna och doppar tårna i en rörelse som inte går att motstå – skälver av all den njutning en sådan dag ger. Det bor ett läkande i dess uttryck.

En sådan dag sätter hon sig ner på stranden och låter sandens mjukhet sila mellan sina fingrar och tår. En sådan dag känner hon hjärtat slå lent och i samklang med vågornas kluckande mot strandlinjen, en sådan dag ger hennes inre lustfyllda rysningar på ett sätt hon inte är van. Det finns en sådan oerhörd värld av glädje och porlande lycka – en sådan spröd styrka i allt detta som gör henne så överväldigad att hon inte vet om hon drömmer eller är vaken. Varsamt låter hon en strandfluga röra sig fritt på hennes arm. Tänker: svårt att ta sig fram bland alla vita hårstrån – stela och hårda som gjorda av järn och stål, men samtidigt så rysande milt. Ömsint låter hon sin frigjorda hud ta del av all smeksam beröring. Huden som stramar, höjer sig och skälver – varje por som öppnar sig som gapande ungfågelnäbbar. Fjärilar ur hennes bröst. Och lärkan som berusar med sitt kvitter – sin drill alldeles ovan henne. Det går en rak linje, från lärkan till strax under naveln, platsen där ljumskarna möts, likt sanddynernas möte omkring henne – så mjukt och lent, så innerligt och sensitivt. På glänt tar hon till sig en avlägsen själssysters upplevelse av hur den som norpas och den som norpar lutar sina vackra huvuden mot varandra i ren obesudlad kärlek.

När måsarna flyger iväg är det i bredd. Och hon i en dröm, kan hon känna -

av alla färger som går i blom: den vibrerande värmen som sprider sig röd och forsande och livgivande, den blå skälvande brisen som blänker på hennes axlar, i hennes hår, likt rymdens alla stjärnor i ögonens iris, den irrande humlans sammetslena surr intill hennes knän, den tappra fjärilens färd över havsytan, rödblå i hennes synfält – som hjärtats vita slag…

Fotavtryck i grönt – gräset som sträcker sig likt goda tankar högt ovan jorden, och alla dessa känslor som pockar på! mångfaldigas likt ljusets vällustiga färd genom hennes inre – andningen turkosfärgad, snäckan i handen, som man kunde höra en regnbåge, blå mot örat, blå mot det gula havet av maskrosor, blåklockor på ängen, röda rosor i rabatterna, längre bort, klöveräng i blom… och åter: hjärtats vita slag…

Och sedan, i skymningen, när hon står på fjärde våningen i sin lägenhet och ser ut över det ofantliga landskapet: står och ser hur allt först krymper samman, reduceras, blir mörkare, dovare och skuggrikare men ändå kvarlämnat i lust och bejakelse: fingertopparna som sprider stoft av stjärnmoln över hennes hud, hennes kropp just skinande som en galax, en rymd full av planeter och stjärnor, månar och solar, blodkärlens finmaskiga nät spunna i hast av änglaspindlar, förgrenade sig till universums ände –
just en sådan stark känsla av att vara på väg, känna sig hel i såväl dagsljus som i nattens mörker. Det är stort!

Vid midnatt drömmer hon om tillit och närhet som något möjligt.

*

Rörelsen som leder bort från där hon så ofta varit.

Rörelsen som väcker till liv det som alltid har funnits.

Allt yvigare benrörelser på en anlagd grusgång, hon omvärderar: ett embryo till något nytt.

Egenliv. Egenvaro.

Så mycket hälsosammare, klarare, djupare –

skapande, födande, växande...

att hon kan bli alldeles vimmelkantig: yr och fallande och resande på sig i hela sin längd -

ta ut stegen, förankra hela fotsulan på den vibrerande jordskorpan, känna avvägningen, mellan tår och häl. Våga ställa sig på tå och lyfta armarna, med fingertopparna vidröra himlen och rymden, natten och dagen –

känna att bruset, sorlet, stampet, orden, sången, vrålet är hennes: val att välja, välja bort.

Val att välja, välja bort: som en våg mot stranden drar sig till havs, kommer tillbaka med full kraft och säregen energi.

Eller aldrig återvändande. Försvinnande i horisonten.

Och sedan lugnet, avtagandet, nedtonandet, som stiltje, andningsuppehåll eller bara harmoni, en sådan överväldigande passbarhet, utgörande hennes och ingen annan –

eller allas, var och ens, så det räcker, och alltid blir över –

sträcka ut handen, kupad, låta fåglar bygga bo, känna tilliten, om endast ett ögonblick... att genomgå en förvandling: som larven blir till puppa blir till fjäril. Blå över havet, röd i handflatan.

Att hålla armarna tätt intill kroppen, orörliga likt en skyltdocka.

Att låta armarna sväva, imitera vingslag eller rent av att flyga mjukt där på ängen, ut från berget, över landskapet –

eller stanna kvar, stå stadigt på jorden, känna den svarta myllan, gräset, gruset, sanden, mossan… alla dofters renhet, draget mot fotsulan – handflatan som förflyktigas, och i ögonvrån: kinderna, ansiktet, kroppen och själen – hennes liv och förnimmelse.

Att röra på benen: promenera, springa, hoppa, skutta, sätta sig på huk, gå ner i spagat och lyckas! att göra piruetter, eller bara stå alldeles stilla: åter alldeles stilla som stammen med roten mil efter mil under sig. Att beröra en katt, en hund, en fjäril, en flugas sköra vingar – att beröra en annan människa: våga vidröra huden, hålla handen nära utan att bränna sig, stöta axel mot axel, krama hårt som Björnen eller lätt som ett andetag, att hålla om – och sedan frigöra sig, känna att det är ok, att den andre finns kvar eller inte finns kvar, men ändå finns kvar – en tillit bortom denna värld. Att beröras, våga så.

Att själv vara kvar även om man reser vidare.

Att vara kvar, oavsett vad världen blir, oavsett vad man själv blir.

Vad som kanhända försvinner eller suger sig fast.

Att vara i ett ögonblick, i ett längre perspektiv, våga skönja mönster man bär, våga frigöra sig och gå vidare…

Att vara en del av ett sammanhang, att våga vara en del av ett sammanhang, att stå i en klunga och stångas med närhet och kärlek, att tillhöra en samtalsgrupp, argumentera för vad som känns rätt och värdefullt, eller i tystnad betrakta varandra, att röra sig unisont, samstämt, som ett och samma, oskiljaktiga, och sedan frigöra sig, gå in i sitt eget, vara i sig själv och ändå vara en del av ett sammanhang, känna närhet och likhet till andra, närhet och likhet till var och en, till natur och djur, till universum, till galaxer – att känna tillit, mening – svarta hål eller stjärnanhopningar, enhet eller intet – allt och inget på samma gång…

såväl början som slutet, före som efter, och detta oerhörda intensiva nu.

Detta oerhörda nu!

Känna olikhet och avstånd till allt och alla – känna att det är okey!

Att det är så det ska vara – lik och olik, nära och långt ifrån: samtidigt.

Att lära sig det tidigt, som litet barn – som en växande liten människa.

Att känna att det är okey att lära sig som vuxen.

Att det är möjligt att lära om – att det aldrig är försent!

Att aldrig sluta tro på sina möjligheter.

Att lämna sjukhuset, känna att det är dags och gå framåt – att lära sig att hantera bakslagen, vad helst man bär på, den man är… historia, nu och framåt! Att våga hålla ifrån sig det som gör ont, som avser skada, som gör en illa, förminskad och nergrävd. Att våga se sig själv i ögonen. Att våga vara i det som gör ont. Att våga leva på sitt eget vis. Att se andra som stöd med egna tankar, egna känslor, eget liv, att våga gå tätt intill, att våga ta avstånd – att våga känna hur det pirrar i maggropen… att våga ge sig hän åt alla dessa… hjärtats vita slag!

Som i en brusande dröm.

4

Förändringen Inez genomgick kom så hastigt och plötsligt, i backspegeln med sådan kraft och energi, liksom våldsamt sprakande och spridande likt elden över stäppen, skogsbranden och buffelhjordens panik drivna mot stupet, eller kanske snarare vildhästarnas galopp över prärien för lustens skull, därtill skedde den initialt oreflekterat och var i kraft av sin färskhet ytterst nutidsorienterat. Hon bara var en annan. Från den ena dagen till den andra var hon en helt annan människa än hon någonsin kunnat föreställa sig. I efterhand kunde man se hur det ena lett till det andra, små tecken som pekat mot något nytt, känslor som talade om kamp, om tvekan, om ilska, om (möjlig) revolt, men att det skulle bli en sådan transformation, en sådan förvandling, en sådan dramatisk omvälvning, hela hon som omgjord och pånyttfödd, var utåt sett mer än en människa kunde ta in…

Det var bara självklart att hon skulle klippa banden till sin sargade familj – även om hon inte alls var där att hon kunde tala om det, med egna ord beskriva och formulera – annat än i plötsliga och högst tillfälliga utbrott. Sådant som med våldsam kraft drivs upp ur djupet och golvar allt i sin väg.

Står hon kvar är det med yttersta ansträngning.

Och sedan lätt som en fjäder.

Det var bara självklart – för första gången i hennes liv självklart, utan minsta antydan till tvekan, att hon, Inez, skulle anmäla sig till en kurs – en danskurs som gav henne möjlighet på möjlighet att prova en mängd solo- par- och gruppdanser, utforska allt som har med rörelse att göra – därtill uppleva god kemi med flera av sina kurskamrater, snart träffa någon eller några på sin fritid, människor hon inte ens visste fanns annat än som embryonala önskningar, människor som samtalade om utveckling, fördjupning, om förändring, människor som uttryckte godhet och bejakelse, passion och livslust, människor som gav skratt och beröring, samhörighet och bekräftelse – hon som aldrig vågat ta kontakt med någon. Reducerad av modern och styvfadern. Av socialen och sjukhuset. Visst var det så att hon kom att ty sig till danslärarinnan, en kvinna med mycket hjärta och nära till skratt, men också fokuserad och sträng över själva syftet: att Inez dansade för att lära sig hur kroppen kunde användas, förmågan och hantverket att röra sig på ett otaligt antal sätt, lära sig att gestalta än det ena än det andra – känslor idéer, värderingar, mönster för handling och än mer känslor... existens och snarlik essens. Bygga från grunden. Hur man tar sig fram i livet. Förankring mot jordskorpan. Förankring i den egna kroppen och själen som närmast partner.

Sådan ofärdighet i sitt rörelsemönster danslärarinnan såg hos den unga, en tydlig spegelbild över vad hon gått igenom, all smärta i var fingertopp: att frigöra henne, göra sig lik sig själv, växa in i förankring och egenliv. Förstå samspelet mellan kropp och ande. Själens landskap där på dansgolvet. Kroppens uttryck där på dansgolvet.

Hon log och log gentemot ett virrvarr av tankar, känslor och föreställningar i unika bildserier, snapshots men också dröjande och meditativa – även om hon inte förstod så mycket av vad som skedde när hon sökte sätta ord och begrepp, bilda meningar och stycken för sig själv att hänga med i. Men det gjorde henne samtidigt inget, hon var tillfreds över bilderna som på flera sätt gav mer än tusen ord. Själens landskap där på dansgolvet och hon som rör sig i takterna alltefter känsla och behov, uttryck och gestalt. Såväl skapar rörelserna som blir skapad av dem – rycks med, ger sig hän, mäter ut stegen – allt i djupnad hänförelse. Som ett barns upptäckt och erövrande av kroppens uttrycksförmåga. En initial motorisk klumpighet som för varje steg växer mot särdeles omfattande finstämdhet. Varje muskel alltmer stämd till egenuttryckt fulländning, för varje moment allt mer lik sig själv. Alla vinklar och driv, förhöjningar och nedsänkningar, utsträckning, puls och skälvning, varje övergång och växandet mot det som är skapandets pärla (en sådan klotrund benvit skimrande pärla, likt en planet på drift i Vintergatan, hon sparat i en liten träask – hon sedan glömt var) – för var art sin uppenbarelse, sin dionysiska kraft och rening – införlivat och utväxt och kvardröjande i tyngd och besvärlighet, tungsinne och depression, sinnesmörker i sådant hon var van, som slipat henne till den möjlighetssfär som utgör henne – och stoltheten i det – men också växandet ur: kroppens uttryck där på dansgolvet.

När hon steg ut på dansgolvet, genomgick hon alltid en slags inre rening. Oavsett vad för dans som stod på schemat, lyckades hon tråckla ut sina känslor, lösa upp knutar och må så mycket bättre efteråt.

Gick där med rak rygg och nacke, seende ut, över och in i omgivningen, med en styrka man sällan kan se hos en ung kvinna ...

Danslärarinnan berömde henne ofta, sa att hon hade en ovanlig talang för dans, för rörelsens inre och yttre samspel: en begåvning som inte är många förunnat! sa danslärarinnan, och log – lät henne få nycklar till lokalen, till rörelsens universum, så att Inez kunde dansa när hon än ville.

Inledningsvis vågade hon inte gå dit utanför lektionstid – osäker som hon kunde vara över att hon skulle missbruka, vad hon sa: förtroendet, och kanske i en djup svacka, lägga sig på rygg på det om natten nedkylda dansgolvet, med dess glatta, sliriga, jorddoftande träplankor, och rymden där ovanför – ta av sig på överkroppen och smeka huden allt intensivare med rakbladets lenhet. Blossande uppflammande stunder då hon liksom inte hade kontroll över sig själv, inte alls visste vad hon tog sig för, hur det ibland var som att någon annan tog hennes kropp och själ i besittning, dansade runt med henne hämningslöst så att kinderna efteråt brände av rodnad och förlägenhet, skuld och förbannad litenhet – alla dessa häxkonster hon av och till inte visste hur hon skulle hantera. Allt som var okontrollerbart, som kunde suga tag i henne på ett ovisst, ofta hallucinogent sätt.

Danslärarinnan, med det burriga brunlockiga hårsvallet – sådant lockande burr att gömma sig i – kallade sådant: rädslan att gå utanför ramarna... att våga ta sig utrymme, space, utvidga den sfär hon mådde så bra i. Att tillåta sig att växa. Att känna tillit över att inte kunna styra mörkret.

Att låta dansen ge uttryck för smärtan och känna att rörelsen alltid i slutändan renar och ger kontroll. Att hantera smärtan på annat sätt än hon var van.

Att just all smärta och kaos hon gått igenom, i dansen kunde integreras så att hon liksom tappade andan, och Inez i högre sfärer än ord kan räcka till för.

Det var mer av en slump än planering att hon vid ett tillfälle stod utanför danslokalen med nyckeln i handen och gick in. Det hände en natt när hon inte kunde sova och timme efter timme promenerade sysslolöst och planlöst och irrande på stadens gator, en inte helt ovanlig syssla när hon inte mådde bra. Att gå och gå gjorde att hon liksom kunde hantera kaoset inom sig, all smärta och ångest hon kände – hur promenerandets rörelse gjorde att allt det svåra blev uthärdligt och hanterbart, hur rörelsen fick henne intakt och seende över sin smärta. Många gånger hade hon kommit hem i gryningen efter att ha vagabonderat hela natten, somnat med kläderna på i sängen, med ytterdörren olåst… utmattad men tillfreds och till ro för stunden. Irrande men samtidigt ytterst strategisk till överlevnad och mer överlevnad.

En natt stod hon där i danslokalen och andades häftigt: möjligt styrd av undermedvetna, godsinnade krafter, ett rörsystem under asfalten, materialiserade antromorfa energier vilka gav henne nödvändiga pushar, som driven kuling på slätten – ett driv i stegen – godhetens sätt att hantera allt det svåra hon bar på. En mystiker sedan urminnes tider trampandes där i sanden, vid havet. På jordens golv. Intill märgelgravens bottenlösa djup.

*

Nakna fötter mot ett slirigt, daggvått trägolv.

Enbent i kärret. Trummor från ett Afrika: eldflugor och sedan inflygandes från fjärran, flamingos…

Lätta steg över ett landskap tillsynes obebott från ovan.

En ljuskägla som lyser bländande där hon stannar upp.

Skuggiga partier alltmer dunkla desto längre bort från henne man ser.

Och där glöden från moderns cigarett över savannens vattenhål – snart uttorkat – sönderbrända skelett från det som varit, en gång liv och dominans, nu urgröpt och kvarlämnat av henne.

Om någon ropar, är det inte till henne.

Om någon ropar är det till henne.

Hon svarar eller så svarar hon inte.

Hon svarar med en rörelse.

Hon svarar med flera rörelser.

Hon svarar med rörelser som nätverk, förgreningar…

Det handlar om inre känslor, manifesterade i kroppen, en samtidighet som hon gestaltar i att falla, resa sig upp, sträcka armarna mot skyn, eller hålla om sig tätt och slutet – rörelser som ynglar av sig, som aldrig tar slut i sin mångfald – i sitt fokus.

Kanhända nynnar hon, stöter toner ur sin strupe, toner som går bortom den hon är – vad hon än väljer, samtiden, skapelsen, toner som uttrycker det som hennes förfäder bar på – jordens historia kommer där ur nynnandet och sedan spricker det upp: alla stjärnor, planeter: månen och hennes ansiktes återspegling, allt är där … så närvarande.

En röst som bär ut över staden, över slätten, havet…

Vågor – ett måspar vinge intill vinge.

– suget av hennes nakna fötter mot det daggvåta golvet – avtryck på avtryck. Som lättande dimslöjor över landskapet.

Steg alltmer ljudliga på en singlad grusgång och sedan avlägsnade, en vandring genom staden, en svart hanhund som följer vart steg hon tar, förbi ett inglasat centrum, höghusområden och villakvarter, gröningen och björkskogen, för ögonblicket skir i all sin potentiella grönska, och sedan havet, åter havet, klipporna åt norr, sandstranden åt söder, mil efter mil – skeppet som slukas av horisonten.

Rörelsen som något självskapat ur det som Lizette kallar för ödsligheten. Rörelsen i mörkret. I natten, utan stjärnor, den svarta staden. Vågorna som för henne bort.

I dansen är hon vid huset. Står länge och vaggar vid grinden – och sedan ett vigt hopp ... landar på singelstenen – lätta fötter, men ett ljudligt kras, likt ett otal antal munnar, vidöppna, i en kör av elegi – ett ovisst antal benrörelser alltmer stereotypa, cirkelformade, och sedan ett jämfota hopp upp på en stum veranda ...

Hon hade varit där i närheten av styvfaderns amfetamintyngda väsen och dansat sig förbi, oberörd – stått på stället och stampat och tillåtit smärtan få grepp och sedan omvandlat smärtan till ett frö i vinden, hennes rörelser som ett frö i vinden alltmer avlägsnade, bortförda av vinden, slukade av horisonten, och hon ensam kvar, dansat förbi modern och syskonen och fadern och sedan åter mött lillebror och vigt rört sig mellan träden, lianer mellan stjärnorna, galax efter galax...

Och sedan somnat på dansgolvet och i gryningen blivit väckt av danslärarinnan, bjuden på te och ostfralla och gått hem på lätta fötter genom staden i fullt dagsljus, och känt att det är så här det ska vara för henne som är (åter) född.

Som Lizette, tänker Inez, och saknar själssystern med ens.

5

Senare: Besöker hon staden där hon växte upp. Går tigande fram längs med trottoaren. Hon är en främling på tillfälligt besök. En kort promenad i väntan på nästa tåg. Känner knappt igen sig. Trots att hon gått här så många gånger förr. Allt är så annorlunda. Går hastigt gata upp och gata ner, med tågbiljetten säkert i sin hand. Staden är folktom. Affärerna stängda. Husen mörka och dystra. De som rör sig mellan rummen, bakom gardinerna blundar hon förr. Det enda som syns av henne är hennes vita Converse. Alla gatljus är släckta. Kanske aldrig tända. Dylikt borde förbrylla, men hon förbryllas inte, det tillhör periferin, det oväsentliga. Hennes vita Converse dominerar, rör sig målmedvetet, vidrör knappt asfalten. Den brända huden. På conversens sidor, blå stjärnor. Ledstjärnor.

Höghuskvarter övergår i villakvarter, villor som är äldre, förfallna, tillsynes satta på undantag – villor som byggdes när staden sköt fart och snart sökte bli större än sig själva. Blomstrande och vitala på sin tid. Eller kanske inte.

Påminner om en övergiven kyrkogård, tillhörande vad? en avlägsnad epok – svårmodets tid.

Kanhända är det lik som prasslar i snåren.

Träden är nerhuggna.

Gräset vildvuxet.

Och vinden från havet tilltar, för med sig en doft av tång, sälta.

Frånvaro.

Viner runt husknutar som om det vore ett ödesmättat varsel på gång.

Snart står hon utanför huset där hon växte upp.

Som allt annat är huset nedsläckt och ser obebott ut.

Man kan inte hävda att hon känner någonting.

En främling på tillfälligt besök – en kort promenad i väntan på nästa tåg.

Vad finns det att känna? Allt är begravt, minnena uteblir – har hon alls varit här innan? Inte ens gammeleken från medeltid ger något svar. En grå häger står och ser på henne oavvänt vid dess fot. Flyger iväg innan hon tänker hon ska närma sig. Hon stiger upp på verandan, ett två tre, drar i dörrhandtaget, ytterdörren är olåst, knarrar svagt från gångjärnen när hon öppnar dörren på vid gavel, stiger in, söker se in i dunklet. Går trevande genom rummen, skuggorna är gråsvarta, resten korpsvart, använder händerna till orientering när inte ögonen räcker till, ögonen räcker sällan till – tyst och tanketomt. Känslorna är mer vid havet. Eller så är de inte alls.

De nybyggda villorna och radhusen, ser hon inte, är byggda efter hennes flytt. Trots att ljuset rimligtvis borde sippra in, då dessa trängs ovanför, på kullen, bakom huset, kullen som en gång tillhörde hennes värld. En oas av frid och närhet. Och avstånd.

Märkligt, all denna frånvaro, som häver sig fram, burdust,

vid minsta vibration – igenkänning. Inez tänker att hon kunde vara berövad alla sinnen och ändå hitta rätt. Vita Converse med blå stjärnor på sidorna. Rör sig obehindrat från rum till rum.

Efteråt rasar känslorna i veckor. Men i stunden känner hon mest bedrövelse över att huset står och förfaller: ett hus är till för att användas, tänker hon, om inte, kan det lika gärna jämnas med marken. Och det är just vad som sker, eller snarare: naturen håller på att ta över, i det stora rum där familjen aldrig samlades, är golvet sprucket på flera ställen, den svarta jorden är där och för med sig kvickrot, maskar, skalbaggar, myrstigar, grenar har sökt sig in genom söndriga fönster… det doftar mylla och spillning, råttskit, väta, knappast mänskligt längre. Om några år får man säkert gräva efter husgrunden. Senare ett ämne för arkeologerna.

Hon kan visst trivas med dessa för- eller eftermänskliga bilder, attraktiva att ta till sig. Familjära på något vis.

Ett klot utan medvetande.

Och sedan den grå hägern som åter landar och tar plats vid gammelekens fot.

I den stämningen är hon när en ung man frigör sig ur dunklet. Hon känner genast igen honom, blir inte det minsta rädd, känslorna är åter vid havet.

»Daniel«, säger hon och ser på honom.

»Ja«, svarar han och ser ut mot trädgården. Gammeleken.

»Hägern«, säger hon.

»Ja, den har funnit sig tillrätta…«

»Naturen har tagit över«, svarar hon.

»Ja«, svarar han, »naturen har tagit över«.

Den unge mannen går ut och sätter sig på trappan som leder från altanen till trädgården. Den singlade gången syns knappt längre, mest vildvuxet gräs och antydningar från den tid hon vägrar att minnas. Den unga kvinnan följer efter den unge mannen.

»Vad finns det att säga?« undrar hon.

»Det finns alltid något att säga«, svarar han.

»Har hon hört av sig?« frågar hon.

»Nej«, svarar han.

»Jag känner ingen skuld«, säger hon och ser på honom utan att vika undan med blicken.

»Men hon gör«, svarar han. »Så måste det vara.«

»Det går alldeles för många fria«, svarar hon.

»Men ger det rätten…«

»Det är du som är tveksam.«

»Är inte det fullt normalt.«

»Var hans beteende normalt?«

»Han hade sin smärta, det går djupare än såhär, Inez.«

»Det är lätt för dig att säga!« säger hon och ser oavvänt på honom.

»Men det hjälper ju inte?« säger han och ser bort mot vägen.

»Mig hjälpte det, Daniel.«

»Det hjälper ju inte med dödstraff i USA heller.«

»Ibland måste man ta lagen i egna händer, det vore naivt att tro något annat.«

»Jag tror mer på skeva strukturer«, svarar han och ser bort mot grinden. »Politik kan man förändra från grunden.«

»Och man kan dö under tiden!« svarar hon och reser sig upp.

Senare. En hastig promenad till havet – allt bakom henne
är i stunden åter glömt – när hon vänder blicken inåt land
är staden försvunnen. Men väl all denna ödslighet – åkrar
och ängar mil efter mil. Det blir hon inte av med. När tåget
lämnar stationen drar hon en suck av lättnad.

På samma sätt som den som glömt att andas, tvingas
därtill, av hjärnstammen, den trogne överlevaren.

6

Lizette och Inez:

liksom oskiljaktiga, som ett och samma, och i detta, det som är alldeles individuellt till färg och ton.

I rörelsen: det är som om det sker en sammankomst där på dansgolvet, ett läkande som skjuter fart där på dansgolvet, ett då som blir ett nu, ett nu som blir ett då, kroppens tyngd mot trägolvet, fotsulan väl förankrad, även när Inez går upp på tå – alla dessa kvinnor som trampat kring och gett sitt liv för att kommande generationer ska få det bättre. Danslokalen, en gång en chokladfabrik: vibrationer av taylorismens monotona dunk – kvinnofötter, hälen i golvet, hand i hand, tillsammans, hur de växer i styrka och närvaro. I kraft och medvind. En kamp för likavärdet där på dansgolvet. En kamp för egenuttrycket. Alla kvinnor på rad. Det gör ont. Det kostar på. Det ljusnar allteftersom.

Kungen är utslagen, ligger sidan om, transformeras till – vad, kan man undra.

*

Inez: går snabbt hem genom alla gator. Hon möter ingen. Staden omkring henne är tyst och öde. Huskropparna

resta mot skyn, är varken hotfulla eller inbjudande, det
är släckt i alla fönstren, portbelysningarna matta och in-
åtvända, gatlyktorna få och svagt surrande, det blåser inte,
träden håller andan, det som hörs är hennes hastiga steg,
hon går mest på framfoten, ett skört suckande från hennes
gummisulor, hennes vita converse, med blå stjärnor som
leder henne framåt, och sedan när hon viker in på sin gata,
från trottoaren ett lätt knastrande från grus och småsten –
hon tänker: här bor jag, detta är mitt hem, i detta hus, där
trappbelysningen aldrig tycks fungera (man får fumla med
nyckeln), här bor jag – samtidigt som hon lyckas få in nyck-
eln i låset, vrider om och öppnar sin dörr, stiger in, tänder
tamburbelysningen och stänger dörren om sig: Detta är
stort! Större än hon kan ta in. Men också självklart i all sin
omfamning. Hon tänker att lägenheten är hennes familj,
hennes förankring – känslan av trygghet, något eget, egen-
skapat, format efter hur hon vill ha det. Låt vara att hennes
resurser inte är stora. Socialen har hjälpt till med säng och
soffa. Men det är hon som sprungit på loppis (och gör så
än) och köpt det hon tycker om: reproduktionen med Degas
balettflickor, eller Fameplanschen där dansgruppen dansar
på gatan, på jänkebilens motorhuv, sjungandes: I'm gonna
live forever. Allt detta är hennes och det är ingen som kan
ta det ifrån henne.

Känslan att ha ett eget hem, där hon är trygg och kan växa
av egen kraft, i egen takt, på egna villkor: finna tillbaka till
sig själv när omgivningens krav, upplevelserna hon gör blir
för stora, alltför mäktiga, kaotiska, smärtsamma. Hennes
hem. Det är stort.

*

Café besök: När hon kom ut på gatan såg hon honom inte, han som var hennes far var som uppslukad, men det var inte heller något hon funderade över, hon tänkte inte alls på honom (även om hon stannade till på ett oförklarligt sätt och såg bort mot porten där han stått), vad hon tänkte på visste hon inte, det var inga tankar som gått i fullbordan, kunde kläs i ord, kanhända inte ens antydan därtill, det var mer frågan om bilder, grumliga bilder, otydliga, löst sammanfogade, till synes meningslösa – ett grå svart rökigt landskap som går i kras, möter henne, ett ingenmansland alla upplever någon gång men få medvetet önskar förbliva i eller återvända till. Tusentals skärvor, molekyler, kanhända atomer … kvarkar som gör sig till (vill väl så ha uppmärksamhet).

Hon kunde tycka att tillståndet var om inte behagligt så i vart fall inte dess motsats. Kravlöst var rätta ordet, och upplöst, varken levande eller död, sovande eller vaken, kanske förstadium till en dröm man aldrig minns. Bara veta efteråt att tiden gått, att en sträcka är tillryggalagd, varken man vill så eller inte. Och om en faders rörelse i sådant fall dyker upp, är skälet något helt annat.

*

Polisen. Hade hon blivit förhörd? Det minns hon inte. De civilklädda copsen, hade väl främst besökt henne för att berätta. Modern hade sagt att vad som skett var bra: han var för ond för världen. Och sedan betonat sin offerroll. Hur synd det var om modern, stackaren, som tvingats till handlingar hon egentligen föraktade, sådant som absolut inte var hon – även om hon drillats till likartat genom den uppväxt hon haft.

Och Daniel och hon berörde aldrig den biten.

Vad hon kunde minnas – allt gick så snabbt, sedan var det över.

Hon kunde andas ut.

Vad är egentligen över?

*

Det svåraste är bemötandet från dem som vet, antingen blir hon behandlad som en som inte förstår sitt bästa, man kör helt enkelt över henne, bestämmer över hennes huvud vad man anser är bäst, eller så behandlas hon som om hon vore gjord av glas, skör och svag: en liten ynklig bräcklig varelse man måste tassa för, välja sina ord inför, inte uppröra, alls framkalla emotioner hos – hur nu det ska gå till? Varje gång hon besöker någon av de professionella, som ständigt kretsar kring henne, som har synpunkter och krav, god träning att formulera sig, går hon därifrån med tilltufsat sinne, det är som om det inte är henne man talar med, snarare en bild, en typ man läst om i teoriböckerna, utifrån journalanteckningarna, den sociala dokumentationen. Man frågar aldrig henne vad hon tycker, hur hon har det, vad hon önskar och vill, visst, man söker kanhända följa lagar som avser rikta in sig på egenbestämmandet men det är ändå inte på riktigt, man tror inte på hennes förmåga att värdera vad som leder framåt – denna stackars ungdom som aldrig varit annat än förtryckt, åsidosatt, identitetslös, demolerad, söndersmulad – henne måste man hjälpa likt en blind över gatan.

Man ser bara hennes sår och smärtsamma förhistoria, inte alls vart hon befinner sig i nuläget, hennes dans, vad dansen ger och får henne att våga… man säger: en dröm från en vilsen själ, och undrar hur man ska få henne mer konkret, verklighetsförankrad – hon talar om dansen som hon vore psykotisk…

Verklighetssinne framför möjlighetssinne.

Möjlighetssinne framför verklighetssinne.

För Inez: hon blundar, försvinner, uppstår någon annanstans.

*

I gathörnet står modern på alla fyra och skäller som en hund. Inez observerar henne, känner igen ögonen och munnen, men fram går hon inte. Hon måste gå vidare. Det finns andra som kan ta hand om gathunden. Som gör det betydligt bättre. Dessutom har hon inte tid med sådant. Hon har dansen att tänka på.

*

»Hur tycker du att det går för dig?«

»Det där är en omöjlig fråga att svara på, jag kan inte se på mig själv utifrån och inifrån är det mer av ett direkt upplevande.

Inte för att jag saknar reflektion, men jag är inte där att jag kan pussla samman saker och ting till ett mönster som passar mig, den person jag blir i allt större utsträckning.

»Det är där jag kan komma in!«

»Men jag vill inte att du ska komma in och rota runt…«

»Snarare finnas (coacha)«, « stödja (bena ut)«.

»Det där är bara finare ord, begrepp som ligger i tiden, mjukare för att hålla sådant man kallar empowerment stången. Substanslöst!

I själva verket vill jag kanske inte alls det som du står för – och det du står för är du kanske inte helt medveten om vad det är – förutsättningar som är förgivettagna i din begreppsvärld och som har till uppgift att leda in mig till något … dit jag inte alls vill.

Jag måste gå min egen väg!«

»Du glömmer kanske att du också är en del av ett sammanhang«.

»Som sagt, jag är inte där att jag har perspektivet, vilket inte är detsamma som att jag aldrig når dithän. Eller är otillhörig.

Jag är mer en upplevare – äventyrare.

Jag har haft tillräckligt med föräldrar!«

»Så du vill att vi ska ta en paus?!«

»Så kan vi uttrycka det – ursprungligen uppkom idén när man sa att man inte hade plats längre för en sådan som mig på sjukhuset, det var då jag insåg att det var dags att jag gjorde det här på mitt sätt.«

»Men vi hade alltid tänkt…« – säger psykologen, ser intensivt, kanske en smula ångerfullt på Inez – »att vi skulle finnas för dig – vi hade inte för avsikt att släppa dig helt vind för våg«.

»Kanske inte, men det är det som är resultatet – och jag känner ingen bitterhet över det – tvärtom, jag är innerligt tacksam.

Ni har gjort vad ni har kunnat!

Nu måste jag gå min egen väg.

Sådan är min slutsats!«

*

Inez: Det vet jag inte. Det kan jag omöjligt svara på. Vet

egentligen inte vad ni pratar om. Har inte den blekaste aning. Det kan vara hur vardagligt som helst. Det är som att börja om. Det är som att börja om från allra första början. Ni måste ge mig tid.

Ge mig ro att ta mig tid. Finna mitt tempo i plural och förändring.

Vid varje uppkommen känsla måste jag stanna upp och fråga mig:

har jag någonsin upplevt detta? Och om svaret är ja, måste jag ställa frågan om det egentligen varit jag som upplevt känslan eller om det varit ett styrt beteende av min mor, en psykolog, en socialassistent, eller mer allmänt den situation jag levt under.

Och i det sammanhanget måste jag ställa frågan: vem har dragit slutsats av det upplevda, på vilka grunder, och hur har i så fall den slutsatsen påverkat mitt liv, min riktning…

Jag måste ställa frågan om det finns ett sätt där jag kan stå för upplevandet.

Jag måste ställa frågan om den slutsats jag drar av upplevelsen kan bli min egen.

Vad det än är jag upplever ska det vara jag som upplever.

Jag som väljer slutsats.

Det finns en styrka i vilsenheten.

Om den är min.

*

Jag är på väg – till något som är betydelsefullt för mig.

Det kan ingen ta ifrån mig.

Jag slutar aldrig tro på mina möjligheter.

Vem faen har sagt att det blir lätt.

Lätt är det inte för någon. Det är knappast heller meningen.

Jag måste tro på min frihet. Om inte annat som en revolt. En revolt att ständigt upprätthålla.

Med andra ord: även om det inte finns sådan frihet jag önskar, måste man utgå från att den finns.

Sådan är revolten.

Inez lista: Att utgå från friheten som en möjlighet.

Att våga finna sin egen väg.

Att tillåta sig och tillåtas finna sitt eget.

Att vara sammankopplad och samtidigt individuell.

Jag kan dö men också leva.

Jag väljer att leva.

Jag är som den svarta katten som numera lever i skogen.

*

Inez. Går inte gärna utanför dörren, endast till speceributiken och sedan hem igen, böjt huvud, uppfälld huva, inåtvänd blick.

Söker gång på gång intala sig själv att hon behöver en period av enslighet, vara för sig själv… att det är så det är att leva… att våga vara i sitt kaos! Det skriker inom henne efter självdestruktiva handlingar, vet inte hur många gånger hon öppnar besticklådan, står och stirrar på brödkniven, kan stå så i timmar, orörlig, och sedan hur hon släpar sig till sängen, faller ihop i fostrets ställning, tom, men också i outsinlig längtan – smärtan: gråter, skriker, somnar, fram och tillbaka, helt enkelt svimmar av, pågår det säkert ett par dygn, så många känslor på en och samma gång! Och när hon väl vaknar, verkligen vaknar, slår upp ögonen på vid gavel, och tar in vad som är runt omkring henne, inom henne, utan selektion, skyddslös, hur hon brutalt vecklas ut i hast, snart påstår att hon andas friare... hudrester på golvet, i små högar, som spillning (man kan tänka: ett sätt att lämna sig efter sig mil efter mil) och sedan kan hon åter hamna vid besticklådan... suget efter blod, att blöda, söla ner hela världen, sig själv som allt annat – åter kampen att börja om, börja om... så kan det hålla på, minst en vecka, kanske två, böljandet fram och tillbaka – hon svarar inte i telefon, eller på sms, öppnar inte när danslärarinnan står utanför och pratar in i brevinkastet.

Antecknar: det jag kanske mest uppskattar hos danslärarinnan är att hon finns – för mig! Jag kan nå henne, oavsett tid på dygnet. Hon sviker mig inte. Jag kan promenera till danslokalen, tre på natten, om jag så vill, använda den nyckel hon ofta påminner mig om att jag har – dansa ur mig det jag behöver få ur mig. Jag kan ringa henne. Be henne att hon möter upp. Eller om jag vill, kan jag dansa själv...

Hon forcerar inte fram något. Hon visar att hon finns, sedan går hon, knackar inte mer, talar inte mer genom brevinkastet.

Stegen dör bort i trappan...

... och det gör ont, ska jag säga, men det känns också tryggt: hon ger mig tid, bryr sig om mig, respekterar mitt behov av isolering.

Trots riskerna, är det såhär det måste vara, om det ska bli bra i längden. Hon förstår det. Även om det måste vara svårt också för henne…

Och en dag, det var en tisdag, jag hade hållit mig för mig själv i elva dagar, var jag klar, steg ur lägenheten och promenerade ner till danslokalen, kände mig någonstans friare än jag någonsin gjort, visste att jag var på väg igen! Visste att böljandet är en del av livet.

Visste att buffelhjorden ständigt flyr i panik. Visste att kampen ständigt är närvarande.

Att jag var rädd, av och till skräckslagen som det barn jag en gång var, men också stark, som en lejonhona lapande kvällssol på savannen inväntande nattens jakt.

7

Med danslärarinnan låter Inez alla färger, nyanser och kontraster, komma till uttryck. Med danslärarinnan känner hon sig lugn, trygg och harmonisk. Med danslärarinnan kan hon bejaka sin längtan, våga följa sina känslor fullt ut. Med henne blir hon människan som av sig själv törs följa och ge sig hän åt sitt hjärta. Hon tänker: hjärtats vita slag. Med danslärarinnan faller hon samman och reser sig upp igen. När dansen avstannar, och de står framför varandra i danslokalen, bara hon och Inez, är beröringen självklar. Och det sker med samma färgrikedom som mötena med Lizette. Det djupblå, det rödskimrande, det orangea – gult som solen och sedan nedtoningen i sepia, växlingarna mellan dag och natt, mellan ljus och mörker. Reduceringen till noir, gråsvarta skuggor, utsattheten, skräcken för att bli lämnad ensam, den uppflammande vita månen – kaskader av stjärnor: blågrå, rödgrå, beigegrå, ljust grönvita planeter (liksom transparanta) och de mörktonade månarna med ljusgrå ringar. Snart återupptas dansen. Rörelserna är följsamma, kan tänka: som yin och yang, som en hermafrodit, självbefruktande, korsbefruktande, men också hotfulla, smärtsamma, dödliga som från ett kobrabett, och sedan när de separeras, när de dansar bort för sig själva, är lillebrors änglatrådar där och håller dem samman. Det är som galax på galax, otaliga, förenade och inflätade som en liggande åtta – evigheten i varje andetag.

Intensivt gult som solen.

Hon är ensam, Inez.

Men alltid tillsammans.

Förenad med danslärarinnan, i sådant perspektiv där ordens sök att följa avstannar.

Vad som återstår är deras andetag.

Bilden av ett andetag.

Inez som vågar lämna.

Inez som törs vara och verka bortom det som är vant.

Och sedan växlar scenen. Dimitri. Greken. Han vars förfäder man kan följa ända till Hefaistos, smedguden, synliggörs, där golvet möter de stora fönstren, de vitspröjsade fönstren som vetter mot stadens södra och västra delar, mot slätten och havet – här ser hon strax hans imponerande gestalt. Atletisk och smidig.

Danslärarinnan avlägsnar sig.

Man ser på varandra.

Inez och Dimitri. Han med eldguden i sin blick.

Dimitri med de bruna ögonen. Inez med de blå ögonen.

Det som följer är en urkraft få förunnat.

Hammaren mot städet. Och det med blixtens hastighet.

Intensivt men lika fort över som ljuset lär fara.

Han tog tag i henne. Hon lät sig föras.

Så här långt har hon aldrig varit.

Aldrig vågat.

Nu, det mest naturliga i världen.

Men det fanns inget kvardröjande, och det kunde hon sakna.

Över innan hon riktigt hann känna efter.

Efteråt tänker Inez att hon inte är där än.

Det gör inget.

En skadad planta behöver tid på sig att läkas, få nya skott, gå i blom – det är inte alltid det går, men det är värt att kämpa för.

Det är så hon tänker, Inez, medan hon lämnar sin Dimitri.

*

Inez dansar för sitt liv. Dansar för att frigöra sig från modern, styvfadern – smärtan: alla dessa upplevelser som drivit henne så oändligt långt från sig själv, hon tänker: ensam på en flotte, en eka utan åror, drivandes av vind- och vågrörelser på ett vidöppet hav, inget land i sikte vart man än spejar, bara känslan att det finns land någonstans, en hamn att flyta in i, helst om natten, lägga till och vandra kring på gatorna, bland husen, över torgen, ut på landsbygden, genom skog, över fält, vidare, och vidare, och inte stanna förrän man känner att det finns möjligheter därtill.

Rörelsen som det som ger mening och riktning och än mer frigörelse men också integrering. Att vara djärv nog. Modet. Att känna att havet är en del av den man är.

Ödslighet: när det gamla tagit slut.

Vidsträckthet: att våga sig på det nya.

Att våga känna att detta är mitt hem.

Att luta sig inåt och flyta kring bland alla celler kroppen har att uppbringa.

Dansa för att våga känna nytt och gammalt, dansa i raseri över så illa hon blivit behandlad, dansa i förståelse för den hon blivit, dansa i osäkerheten över den hon kan bli, ett varande som ständigt växer, vidgas, men också krymper och försvinner.

Dansa i intet, alla dessa Vintergatans tomrum som uppstår varstans – övergångar, avtagsvägar och i väntan. Upphöra.

Födas på nytt.

Desto längre hon dansar.

Dansa för sina systrars läkande och för deras rätt till egna uttryck.

Dansa för lillebror – en stjärnbild av sju stjärnor hon sett den senaste tiden på kvällen, vid dagens övergång till natt, till vänster, nedan månen.

Dansa för hennes älsklingshund. Den svarta hunden som leker i himlen, på den eviga gröningen – springer och hoppar och skuttar: tillsammans, i rörelse, i dans, i samspel men också särspel. Att våga vara i känslan.

Separation, avstånd men alltid närhet och själen.

Dansa för modern och fadern – för deras läkande, för deras plats på jorden.

Dansa i sin mänsklighet, i skulden men också i frigörelsen.

Dansa med den svarta katten, som Inez, innan hon hann namnge, släppte ut i björkskogen, att leva sitt eget liv.

Hon tänker: Det är inte alla katter som vill leva med människan - och Inez rör sig på kattens vis.

Att våga vara nära en annan människa. Beröra och beröras. Andas tillsammans. Alla färger som hon och Lizette.

Hon och Lizette – för alltid tillsammans. En inre gemensamhet, en gång fysisk och närvarande som bara två kroppar kan vara, nu möjlig via dansen, att vara där, glida in i den tidsglipa där nu och då upphör – för alltid tillsammans, för att hon väljer så.

Att återvända till kampen med modern, att slå ner på henne i dansen, att dra upp henne igen, att vara stark, på tå, med hela hälen, förankring i bålen, att förnimma all smärta via dansen, smärtan uttryckt i dansen, för alla, tillbaka till henne, sig själv – till henne och modern och fadern, känna att det är okey. Smärtan, bortom smärtan, tillbaka till smärtan, falla på marken av smärtan, skaka av smärtan, resa sig upp i smärtan, ur smärtan, gå ur smärtan. – att dansa: det är okey det är okey det är okey.

Att sticka kniven i styvfadern. Och veta att hon och Lizette gjort det rätta.

Att gå på café efter dansen, tillsammans med andra från dansen, att känna glädje och lugn och styrka i det, att föra kaffekoppen till munnen, äta en chokladkaka och njuta av dess sötma, le och skratta, samtala och verkligen känna så fucking okey det är – att leva, att leva, att leva.

Att umgås med unga män och unga kvinnor efter dansen och må bra av det. Att röra vid, låta sig röras vid.

Att vara ung, ung – känna all bejakelse i det.

Att gå hem genom gatorna harmonisk och lugn, ensam eller tillsammans, att somna ensam eller tillsammans, att vakna utvilad eller dödstrött, glad, ångestfylld, att känna: det är okey det är okey det är okey.

Att våga stå ut. Att gå vidare. Att känna livet pulsera genom kroppen, hjärtat, själen.

Att möta Dimitri igen och känna att det är hon som har kommandot.

Vad tänker du på?
Jag tänker på att leva.
Jag tänker på att leva.
Jag vill leva.

Jag har bestämt mig för att leva.
Jag ska leva. Jag väljer livet.
Jag lever.
Jag lever.
Jag lever mitt liv.
Mitt liv.
Så gott det går. Det går bra.
Jag tänker leva.

8

Korridoren är vit. Inte vit som snö, moln, eller något annat igenkännbart, måhända gästvänligt. Sådana associationer, metaforer, stöts bort i samma stund de uttalas. Likt den som vänder ryggen till. Lysrören bränner ögonbrynen. I värsta fall påverkas synen. Det finns galler strax under taknivån där det strömmar gas från rör som sägs härröra från andra världskriget, sängen är av metall, vasken fastborrad i väggen. Här sysslas det med spännbälte, elektricitet, tabletter, kapslar, sprutor. I varje rum ligger en eller två unga kvinnor, döda. Förvridna kroppar, gapande munnar, händer som sträcker sig desperat efter det som ingen annan känner till. Historier som ingen längre kan berätta. Det är som tusen år efter ett vulkanutbrott, all lava, glöd som varhärdar, kroppar framgrävda ur askan. Förvridna kroppar. Inez går från rum till rum. Hon vet. Ser in i de unga kvinnornas förskräckta blickar, deras ansiktsuttryck, deras uppskurna underarmar, lår och underben, likaså har magarna och brösten sina röda sprickbildningar, uppfläkta sår som aldrig gavs möjlighet att läka, vet att detta inte är vad de önskade. Hoppet som fanns i det sista, eller strax innan, som ett stjärnfall – det fanns inte någon som kunde kallas för vän. Det fanns få som förstod vem de unga kvinnorna var, att de var sig själva de behövde händer att nå. Att de behövde andra omkring sig, som sa: var och en har rätt till sitt eget liv. Och ge stöd att förverkliga.

Ensamma. Fördömda. Aldrig anpassningsbara.
Inte starka nog att själva bryta sig igenom, ut.
Så väl Inez känner till det.
Hungern efter att leva på egna villkor, men aldrig ensam, tillsammans med andra, alla dessa blommor på ängen, i färg efter färg, ingen kan greppa, bara älska.
Hatas.

Scenariot: utanför sjukhuset, permissionerna, bemötandet som blir övermäktigt. Fördömandet. Snäva passager. Värderingar, ingen längre kan tro på. Gasen i det offentliga rummet. Alla rören i underjorden, spjällen i taken. Trycket. Det finns professionella som planerar sådant. Ser till att det inte finns någon plats att undkomma. Märkligt att hon klarat sig ur detta. Det luktar inget. Just doftlösheten är det värsta, det är i det doftlösa som faran är som störst. Hon tänker på syren, rosor, hav och tång. Rum efter rum, samma scenario. Alla dessa döda. Allt detta: du måste bli som oss, annars har du inget på jorden att göra. Trycket som väller fram genom korridorerna, i varje rum, på varenda våning, överallt detta tryck. Gasen. Fönstrena av härdat glas avsedda att stå emot. Och nu handlar det om metafysik. Säkert en naturlag. I praktiken är det samma dödslunk, vart man är beger sig, vart man än vänder sig. Inez håller för näsan, munnen, smiter iväg när ingen ser och låter endast det egna sippra in. Det är nästan omöjligt, men det hjälper henne att hålla fast vid dylikt när trycket blir för högt, gasen för dominant, frätande.

Alla dessa fåglar som genast faller till marken. Sönderfrätta.

Personalen, ja ni vet, vad man har sagt: för henne finns inget att göra, hon får dö eller leva bäst hon vill. Hon väljer att leva. Kan sitta i timtal och gråta över alla systrar som inte orkade ända fram.

När hon vaknar är hon dyblöt av svett. Liksom täckt av döda svarta hudceller. Ställer sig genast i duschen, blir sällan ren – blir ändå sig själv så pass att hon kan gå ut i köket, koka kaffe och bre sig en honungssmörgås.

En timme senare ser man henne i danslokalen.
    Inez, hon som är som vinden.
    Inez, hon som dansar som bara Jorden kan.
    På egna villkor, tillsammans.

Kuststaden

I samarbete med Edla Jani

1

Gräsbranden

Historien börjar med ett välriktat yxhugg.

Hjärnhalvor utan inbördes samhörighet, på drift genom Vintergatan. Egenstyrda, eller av andra(s) krafter.

En svart kudde.

Ödslighet som griper tag och bildar utgångspunkt.

Vidsträckthet som tenderar oro.

Undergångsspel, dekonstruktion.

Men också lyckorus. Möjligheter.

Kanhända pånyttfödelse. En resa – stjärnbeströdd till sitt uttryck.

Ursprungligt ett hjärta som pumpar tillbakagång och det redan vid ingången till världen.

Den unga kvinnan blickar lojt ner över stadens paradgata, en asfalterad tvåfilig väg som med ett välriktat yxhugg klyver staden i två symmetriskt jämstora halvor.

Den unga kvinnan blickar lojt ner över stadens paradgata, vars utsträckning likt en lejonhona lapar kvällssol på den afrikanska savannen innan nattens jakt tar vid.

Staden slumpmässigt utslängd över en sönderbränd gräs-
stäpp.

Omgärdad av askhögar som alltjämt ryker. Benrester
men aldrig fjädrar.

Blod men aldrig vatten.

På natten varhärdar, glöd som går i infektionens färg.

Stjärnfall som falnar i mellanrummen.

Kan vara bortglömda stigar eller tomrum.

Ekon.

Ökenråttor som angriper varandra. Påminner om
mänsklig aktivitet.

Mumifierade termiter med benen i vädret. Här är det få
som andas.

Skuggan av en ung kvinna som bleknar i gryningsljuset.

Månen som sällan tillåts utrymme för solens skull.

Lyssnar efter sådant hon glömt namnet på.

En ödslighet ingen begriper sig på.

Vid midnatt tar hon hissen, står snart på stadens paradgata,
promenerar västerut. Klackarna smattrar mot trottoarens
stenplattor. Slänger eko in mot sidogatorna. Ett gäng bistra
medelålders män kastar tärning på en avlägsen veranda.
I omgivningarna vinden som rasslar i gruset. Scenario:
övergivet och ödsligt. Och dessa viskningar som ingen
hör. Rakbladets lena kyla mot sönderskuren hud. Fjärran
rop från dem som är instängda. Som aldrig sett vare sig
ljus eller mörker. Flera talar om lobotomi. Andra om vil-
jans ofrihet. Några om angiveri. Mängden om normalitet.
I husen rör man sig tysta mellan rummen. Barnen leker
ordlösa varhelst det finns utrymme. De vuxna rör sig mer
inåt än utåt. De flesta ljud äger rum ohörda. Få är dem som
sover längre sammanhängande stunder. Strukturerna ten-

derar slumpvisa, bygger i huvudsak på omedelbar känsla, fattigdomen är utbredd, arbetstillfällena få. Den korsfäste overksam.

De offentliga signalsystemen behandlas överlag som radband tvinnade mellan fingrar. Det finns dem som säger att det spikas kors för alltfler dömda. Parallelliteten rör sig som drömmar i underjord. Tärningen kilar ner i kloaken. Snart har hon sin första kund. Han är lika våldsam som alltid. Hon hinner inte många steg förrän han drar in henne i närmsta port och tar henne stående. Han slår henne med öppen handflata. Tar strypgrepp och biter henne i kinden. Hon rör inte en min. Hon är aldrig närvarande. Så har det varit så länge hon kan minnas. Att hon lyssnar efter sådant hon glömt namnet på är den enda möjlighet som finns kvar hos henne. När han går, sticker han ett knippe sedlar där han kommer åt. Avlägsnar sig med släpande steg, allt uppslitande grus som skymmer sikten, som sänker världen i ett grått rökigt mörker, som om ingenting längre återstod. Så har det varit sedan första dagen.

Allt är över. Smattrandet handlar om oförmåga till avslut. Därefter tilltar vinden. Tjuter runt varje husknut. För henne ut ur staden som så många gånger förr. Varken hon vill det eller inte. Drar iväg med henne som om hon vore en fågel på flykt undan den årliga gräsbranden, en besvärjelse att ta på allvar – allt detta ovanperspektiv där stadens paradgata slingrar sig likt en skallerorm som svinner i en svartnad horisont. Alltid skuggan av en ung kvinna som bleknar i gryningsljuset. En ödslighet få begriper sig på. Endast ett svagt rasslande som dröjer kvar. Gråsvarta moln som kväver allt i sin väg. Elden som förintar varje tendens till uppror mil efter mil. En ung kvinna vars kontur avlägsnas från ett avrivet papper – ett avrivet papper som sotas korpsvart i kanterna, det korpsvarta som äter sig inåt. Vingar som lämnar landet. Skär sig genom ödsligheten.

All denna aska. Grå och bestående.

Den tomma staden. De korsfästa i långa rader, mil efter mil.

Man talar om ödet. Det som är utstakat. Orubbligt.

I drömmen flyger hon vidare. Ett land utan hav i sikte, få sjöar, uttorkade flodbäddar. Längre bort kaktusar större än världen någonsin skådat. När hon vaknar står solen högt på himlen. Tar tid att veckla ut sig. Återfå hudens elasticitet. All denna strävhet och stelhet som gör allt för att motarbeta varje intention till rörelse hos henne. Liksom mumifierar henne, tejpar igen varje tendens – en process som gått i snabbare takt än hon kunde tro. Likt för den som inte vågar närvara. När hon väl återfår förmodad rörelseförmåga, biter i äpplet hon haft i fickan, neuronerna som vaknar till liv och färdas i ett vanemässigt mönster, inkörda sedan urminnes tider – hon blickar in mot staden, mer som en hägring i soldiset än det som är påtagligt, befäst – en bild hon kan krossa mellan pekfingret och tummen – ser hur en gråsvart jeep stannar vid vägkanten, materialiseras i en för henne igenkännbar familjär form. Hör motorns brummande innan bilden får fäste, bromsarnas ropande. Snart sitter hon sidan om en äldre man hon många gånger åkt med förr. Hon säger inget till honom. Han säger inget till henne. Man nickar åt varandra och sedan är det nog. Han påminner om något hon inte kan sätta fingret på. En vibrerande samhörighetskänsla som får henne att ana något annat. Kanske är det i huvudsak därför hon lämnar staden, för att fara tillbaka med den äldre mannen. Om och om igen.

Det intensivt stickande solljuset får omgivningen att flyta samman likt allt det brusande hav som inte finns. Kaskader av optiska synvillor. Det är som att se förändring i ett helt annat tempo, hur allt man trott för sant och verkligt luckras upp i en rasande takt, omöjligt att identifiera, materialisera, känna sig hemtam med. Det är som att se hur allt åldras i den nyföddes blick, stå där och stirra in i alltings början – från döden till födelsen och sedan döden igen. Dylikt får henne att kisa, förstärkt av allt uppvirvlande grus, gröngula moln där däcken får fästen, slirar i vägkanten.

Hon fantiserar om kvantmoln. Ett hav av möjligheter. Det som förverkligas är det som i ögonblicket fixeras. Och när det väl uppstått, dör det snart ut för allt övrigt som pockar på, som tränger på från sidan, tar kropp framifrån eller bakifrån, själ inifrån eller utifrån – varhelst hon sveper med blicken. Ägg som krossas där gruset är vältrampat. När hon väl stiger ur jeepen är allt förlorat. Så fort hon far in på stadens paradgata är yxhugget där. Nästa natt följer samma mönster. Ett återkommande lyssnande efter det hon glömt namnet på. En hägring aldrig möjlig att bli något annat – vad man kan tro.

Det börjar sålunda med ett välriktat yxhugg. Kanske var det medvetet från första stund – eller ett samspel mellan flera nivåer, varav några är dunkla, andra synliga så man rodnar. Man kan helt enkelt likna det vid ett gift som tar död på det mesta. Hon går in på baren som blivit hennes. Jake, bartendern, spricker upp i ett sedvanligt leende,

serverar henne en club soda, säger att hon är vacker som
en blomma han glömt namnet på. Trots att det är samma
fras han uttalar var gång de ses, förundras hon alltid över
att det känns så äkta. Hon tänker: han har en osedvanlig
förmåga att uttrycka komplimanger som om de aldrig förr
var sagda – just personliga, till henne och ingen annan.
Hon ler tillbaka. Läppjar på club sodan och sveper med
blicken längs med bardisken ut i lokalen. Baren är halv-
full. Män, få kvinnor, som det alltid är när det kommer till
stadens nattliv. Hon känner dem alla. Här låter de henne
vara. Vänskapen med Jake hjälper till. Det är sällan något
annat är äkta.

Det finns tillfällen då han lutar sig fram mot henne, söker
hennes blick, säger att hon borde lämna staden för gott.
Att dylik plats inte är för sådana som henne. Hon ser alltid
lika oförstående på honom. Som om hans språk inte vore
hennes. Rena rappakaljan om hon får säga sitt. Varpå han
knycker på sitt sockersöta ansikte, för henne: fladdrande
likt en ljuslåga i plötsligt drag – och återgår till att putsa
glasen.

I drömmen är hon alltid på väg. Står ofta vid vägkanten
med tummen i vädret och låter sig plockas upp av vem som
än saktar in. Minsta form av hemkänsla får henne att slå
igen resväskan och vilja dra vidare.
    I drömmen förvandlas hon till en sällsynt fisk som lever
i de mörkaste havs- eller sjödjupen. Aldrig vid ytan.
    Svart, grå och anti.
    Bron till det bottenlösa är alltid förhanden. Får det att
rycka i ena mungipan. Och ibland som krusningar på nät-
hinnan.

I drömmen är hon en fågel som i sin flykt spejar ut över omgivningarna.

Bläddrar mellan perspektiven som den med ren blick har för vana.

I drömmen är hon en sällsynt fågel som seglar fram över klotet och bemästrar alla situationer.

Närvarande: deltagande men också betraktande – väljer tillstånd, nivå och omfång efter behag. Mäter sina vingslag med oanad precision. Avståndsbedömer. Dödar på beställning, sällan av hunger.

När hon vaknar är allt glömt. Hon blir aldrig hemtam av vare sig det ena eller det andra. Hur hon går vidare, kan man undra.

På söndagarna är Jake ledig. Då vill han ta en tur med bilen. Står nere på gatan med passagerardörren öppen och väntar på henne. Är alltid välklädd och nyrakad: ljusgrå kavaj, vit skjorta, svart slips, ljusgrå nypressade byxor och svarta skinande lackskor. De far alltid iväg under tystnad. Hon vevar ner rutan, låter vinden leka med hennes ansikte, en fladdrande mask där i draget, det kolsvarta axellånga håret som spiller över likt en sorgtyngd linnegardin med reminiscenser ur en avlägsen bildserie, näsvingarna som vibrerar av allt det sönderbrända men också av något annat hon inte kan identifiera, kinderna som känns svala och lena när hon för fingertopparna över dem och all vidsträckthet som plötsligt får henne att i korta ögonblick känna sig sällsamt levande.

Det bara störtar över henne. Skiftar med ens som när någon drar ner en rullgardin, eller när Jake växlar ner, från femman till fyran, till trean och sedan gasar på igen. Hon trycker alltid upp rutan därefter. Far vidare på ormens väg. Svartslingrande och skallrande mot de svarta bergen i fjärran.

Jake gnolar på en melodi hon glömt namnet på. Ljudet han pressar fram mellan sina läppar är alltid lika egendomligt entonigt, inte obehagligt på något vis, men inte heller behagligt. Sprider sig över vidderna. Ibland kan det ge henne bilder av något förtida scenario: ett nedslag i jordens historia då endast nomadstammar och väldiga buffelhjordar syntes på stäppen. Det är som om mannen vid hennes sida gnolar på en och samma ton, drar ut dess omfång, liksom vidrör en oändlig berättelse som passar så väl in i det landskap de färdas i. Hur han rör sig fritt och obehindrat mellan höga sfärer och låga sfärer, andra sfärer: generationer i flertal med samma urfader och urmoder. För henne framkallas bilder i en pockande takt, låter henne se djurhudar uppspända till skydd och nattro kring välhuggna pålar, ritualer och männens jakt, kvinnor och barn som samlar rötter, bär och blad, och sedan hur staden en gång växte fram, i nybyggarnas ögon förhoppningar om en möjlig framtid. Hon ser gräsbränder som förintar allt i sin väg, buffelhjordar på flykt, fåglar med vidbrända vingar som störtdyker: mot vad? vet ingen, familjer som lämnar sina hem i hast, varav en del ridandes, andra springandes, några med bil – män och kvinnor som inte ser någon annan utväg än att stanna kvar trots all ödeläggelse, hur allt färre barn föds, hur allt fler begravs. En sol som håller det brända landskapet intakt.

Snart är bildserien likt gräsbranden allt mer våldsam och oöverskådlig, fragmentarisk blir synen och resten av henne – när hon ser ned på sin kropp finns den i en avgörande mening inte. Hon kan inte se sin hand, bara förnimma rörelsen när hon vrider på handleden och spelar med fingrarna i luften. Skimrande atomer som löses upp i samma stund hon fixerar dem med blicken. Andningen som sotar ner atmosfären och kväver sikten. Det rökiga gruset …

Det är vid sådana tillfällen hon griper tag i Jake, låter honom förstå att han ska sakta ner farten, köra i lugnare takt, som en obekymrad kamel – snart vända om, släppa av henne vid hennes bostad och lämna henne ifred. Jake kallar det för snigelfart. En sorgsen brist på tillit.

Hon sover alltid oroligt efter ett sådant scenario.
Eller inte alls.
Vankar oroligt av och an mellan rummen.
Fotavtryck som ångar i luften, som glänser på golven.
Men ut går hon inte.
Hon varken vill eller törs.
En sådan natt är det bäst för henne att stanna inomhus.

På morgonen känner hon inte alls igen sig själv när hon går förbi spegeln. Gestalten som dyker upp framför henne är en främling. Okänd. Aldrig förr sedd. Påminner mer om bilden av gårdagens forntida örtsamlande stäppkvinna, än den unga stadskvinna hon anser sig vara. I dylikt efterspår kan hon tänka att hon innehåller alla kvinnor jorden har framfött. Att det finns länkar inom var människa till alla tider, till allt liv. Men tryggt är det inte.

Vem är hon i allt detta?
Kanske har hon hamnat i fel sekel?

Hon vet inte längre vem hon är.
Hon har nog aldrig vetat vem hon är.

Ett jag är hon inte. Intakt är hon knappast. Snarare ett ovisst antal fragment varav en del står i motsatsförhållande till varandra, andra upplever en viss igenkänning. Få kan givet pusslas samman. Hon stannar framför spegeln, går fram och synar bilden, för fingertopparna längs spegelns kalla yta och förnimmer samma opersonliga känsla när hon berör det som ska vara hennes ansikte. Hon gör miner framför spegeln, vänder och vrider på varje muskel, grimaserar ansiktet ilsket, sorgset, groteskt, kokett, glatt, förvånat, nollställt, förundras över så lätt det är att skapa något tillfälligt som inte alls hon själv skulle identifiera sig med. Som om det handlar om masker man använder på maskerader, karnevaler, i samband med brott eller skygghet. Eller masker att söka hålla sig intakt och samman, för sig själv och andra. Mainstream. En väg för normala.

De som tror sig veta hur saker och ting ligger till.

Ett jag är hon inte.

Varför hon inte genast vänder sig om, öppnar dörren, springer nerför trapporna ut på gatan, söker upp Jake, beror väl på ett av dessa sällsynta ögonblick av förståelse inför hennes belägenhet, att det trots allt är henne hon ser – att hon består av ett antal öar av medvetande, djup och yta, tankar och känslor, egenskaper och attityder – att hon någonstans är intakt nog att se detta scenario på håll, likt en anonym i folkmassan, skådandes något spektakel avsett att lugna och säkra tillvaron gentemot anarki och upplösning. Förintelse. Hon lägger sig på soffan, kryper ihop prenatalt och somnar in.

I drömmen är hon åter på väg. Ovanperspektiv.

Denna gång som sådan insekt man tar livet av med öppen handflata.

Hur insekten ser på kvinnan som ligger kurad på soffan med slutna ögon.

Har ingen aning om vem hon är. Eller, om man så vill: vem hon borde vara.

Blicken är fri från varje sådan form av förståelse.

Belägenheten strömmar en särdeles angenäm känsla inom henne, sätter sig i vingarna och stärker dem på något vis.

Efteråt tänker hon att det är alla färgerna som strömmar behag. Det finns en särdeles ljus känsla i att vara obestämd.

Inte veta var man kommer ifrån, vart man är på väg, vad man vill och önskar av sitt liv i världen. Att flyta ut, som lager på lager av oljefärg från aldrig avslutade penseldrag.

Att vara insekt kräver en helt annan blick. Ett helt annat sätt att färdas, orientera sig, begripa, överleva, se, varsebliva. Blicken är liksom ren, avskalad, går direkt på kärnan, det allra innersta som dväljs där i vassen. Man säger: tänker i bild. Kan vara styrd av färger, klara eller oklara, in- eller utzoomade, något som avviker, dyker upp på egna eller ovana villkor, sticker ut från de plötsligt svart- och vita övergivna fälten hon flyger över – en mjuk övergång till sepia, som mörknar eller ljusnar, nyanserar, kontrasterar efter betydelse, emotioner – och åter denna blick. Alla dessa känslor, regnbågsfärger, vibrationer mellan varje grässtrå, klungor av insektskörer, arter som avser liv, jubel- och klago- som ökar och avtar i takt med överlevnadsfrekvens, valt perspektiv, eller för strupens skull, kanhända själar som rör sig i soldiset, bland ståtliga cigarrer, som hoppar mellan grässtrån på slätten, små atomära genomskinliga gängbildningar, en del solitärer, solister: som blir till i samband när någon betraktar, lyssnar – tolkar, gör inte hon. Insekten som far förbi med ögon stora som jordklot, mest likgiltiga, lämnar efter sig hav efter hav, galaxer, alla dessa vågor som brusar i etern, varken land eller människor i sikte, fauna eller flora – ingenting alls i sikte, varken bakåt, framåt eller från sidan. En handflata som far genom luften, över eller under, kan känna draget och vetskap innan det är slut, en kort bildserie, en noir sammanfattning av den korta resan.

Någon står över henne, svart med mörkgrå irisar, liknar en förstorad fluga, eller snarare en svärm som växer sig samman, klipper med vingarna och filar bakbenen hårt mot varandra, snart står hon upp, skriker och vrålar av rädsla och skräck, anar honom där han står tryckt mot dörren till köket och hotar – en surrande spyfluga mot en iskall fönsterruta, all denna odör och rökigt grus som virvlar i bakgrunden.

Det är såhär skulden ter sig, tänker hon. Det går inte att fly från sin historia, vad man gjort och hur man agerat, det blir man aldrig fri från. Och nu har hon blivit galen – en sådan där paranoid schizofren hon vet man kan bli…

Hon går i rask takt fram till fönstret, spyflugan surrar oroligt över dess brist på utväg. Fönstret öppnas, det går fort nu, hon tar tag i karmen och hivar sig upp. Samtidigt som hon ser spyflugan lyfta sig ut i rymden som ett viggenplan, släpper hon taget och slänger sig iväg… ut i vintergatans rökighet. All denna frihet hon i en sådan stund kan känna!

Jake är där i sista stund, får hjälpligt tag om hennes ena ben, om hennes midja sliter han in henne med full kraft på golvet. Båda skriker. Lizette som faller samman – har känslan av att det är utåt hon störtar, känner viktlösheten, det finns ingen botten, en känsla av frid, men också motstånd, de sönderbrända vingarna, smakar illa i hennes mun, spyflugan – ligger där på golvet i sitt vardagsrum och kräks, invirad i Jakes armar… inte alls behagligt.

Utspridd i all denna odör av liv. Varför låter han henne inte släppa taget?

Svala händer över snövit hud – en gång rimfrost på förstren, en gammal kvinna som rör sig stumt bakom fönsterljusets rödskimrande låga, glitterbeströdda ögonfransar som klipper i solljuset och där bakom isblå irisar som följer konturen av en manskropp som rör sig längs med henne, fingertoppar över snövit rygg, lätta som grässtrå – hans mörka händer över hennes snövita kropp, plockar fjädrar som gör henne hudlös – på bordet en madonna figurin med barnet i sin famn, hon har rimfrost i håret… hennes navel är en snäcka som brusar som havet, det blåsvarta brusande havet, isflaken som snart trängs allt mer i affekt – en dröm är det att känna så här. Och all denna tystnad som andas från honom. Blek rök som stiger från de bladlösa träden. Röksignaler ur hans näsborrar. Hans mörka kraftfulla händer som rör sig i skymningen, som separerar – frånvaron av fåglar vars vingslag fläktar henne obemärkt. Doften av kramsnö. Vinglasen står urdruckna och violetta i den annalkande natten, gråsvarta moln skingras för månen och kylan tränger på, hon vilar mot hans bröst, tvinnar hans mörka hår och burrar ner sig som det barn hon trots allt är. Skära hjärtan som skvalpar runt. Ett barn är hon inte.

Senare: I trapphuset passerar hon förbi en mängd halvöppna dörrar och hissen gapar som en girig mun långt där borta i fjärran. Alltför fjärran för att ta sig dit. Hon kan höra röster, en kran som rinner, glas som klingar, bestick mot porslin och någonstans fras från en kjol, en dragkedja som dras ner, hon tänker: hud mot hud, sönderriven hud, uppfläkt, hur kan någon veta vad som egentligen sker? Man kan säga: far in och ut ur henne med ett hånskratt. Hår eller tänder som borstas – alla dessa ljud som förstärks… som forsar in i hennes hjärna och skapar oreda, kaos, smärta, missljud, en röra allt samman – gud, vad det gör ont, snärtar henne rödflammig, sårig, oigenkännlig. Oförmågan att stänga av, filtrera – allt fäster sig vid henne, hon kan inte längre göra något åt det…

Hon springer i hast nedför trapporna, tar flera trappsteg åt gången, möter överallt dessa halvöppna dörrar, alla dessa ljud, men inga människor… någon hon kan tala med, få hjälp av, orientera sig mot, inte ens en portvakt – och på gatan far bilarna fram som galningar, människor skriker, vrålar och springer, men inte som svar på något hemskt, utan som fullt normalt, som om det är så här man alltid gör, hon som avviker, kaktusar i mittfåran på huvudgatan som växer allt högre mot himlen, ljusen gula och vita, en del blå och röda som streck genom luften…

På vandring i Vintergatan – mellan galaxer – jorden som snurrar på håll – så långt borta hon är… far iväg någon annanstans. Omöjligt att veta varthän. Alltid samma sak. Spelar ingen roll.

Och sedan… alla byggnader som inte längre finns, inga bilar eller människor, staden liksom utplånad, inte längre en tanke däråt, bara alla dessa ljus som far kring utan att det går att skilja dem åt. Hon ser ner på sin kropp som badar i ljus.

Hon ser ner på det som var hennes kropp som badar i ljus.

Hon ser ner – badar i ljus.

Alla känslor som är ljus – alla dessa nyanser, alla sinnen som i ljus, vibrerar ohört av ljus.

Alla tankar i ljus. »tänker« först i rött, därefter blått – svinner i ljus. Odelat ljus.

Badar i ljus.

Ljuset…

Frånvaro av ljus.

Brist på ljus.

Jake med sina svala händer likt en mördares…

Och Inez, flickan från förr, med en regnbåge i sin hand.

Visst känns hon igen.

Och i samma andetag, elden: Plötsligt där växande på grässtäppen, sprider sig som ökenråttor har för vana eller måhända gräshoppssvärmar utifrån bibliska mått. Metodiskt och beslutsamt. Och samtidigt nyckfullt, otämjbart. En kraft utöver världen. Attraherar skikt ingen begriper sig på. Den gråsvarta röken gör det omöjligt att andas annat än i mycket korta sekvenser, ytligt och forcerat – ett kort andetag och därefter hålla andan tills hon blir rosa och skär likt en nyfödd – eller just avsomnad som en vaxgul.

Det bor en längtan i hennes bröst att förtäras av eldens låga… inte lämna annat än aska efter sig. Det bor en längtan i hennes bröst att återvända dit hon en gång kom från, eller tror hon kom ifrån, innan hon for ut som en oljad fisk på den vita britsen… Den fruktade smärtan som orgasmiska ryckningar, dionysiska, utplånande, blodet som torkar ut innan hon hinner blinka, alla hennes organ, huden, vävnaderna, cellerna … inte ens benrester som lämnar spår i gruset.

Jake tvingas släpa henne därifrån, får uppbåda alla sina

krafter gentemot den vildsinta kvinnan som vrålar att hon slåss för sin rätt… Fåglarna, ormarna, ökenråttorna, insekterna, vildhundarna, vildkatterna, bufflarna, hästarna flyr mot norr, mot de osynliga svarta bergen i norr… drivs av en naturlig darwinistisk drift hon saknar, många kommer ingen vart, bränns och pulvriseras i ett andetag till aska… Alla dessa meterhöga lågor som bränner och förintar: buskar och kaktusar, grus och gräs, skållheta eldtungor som sträcker sig uppför trädstammar, mot trädkronor, röda, gula, orangefärgade – som svetslågor mot rymden: utplånar stjärna efter stjärna.

Hela jordklotet brinner, alla hus och människor, land efter land, ett eldrött klot, hon på avstånd. Även havet brinner … hela universum står i brand!

*

Det är först efteråt hon tänker att darwinismen är lika utplånat som allt annat.

Varken objekt eller subjekt. Inte ens ödslighet eller vidsträckthet, frånvaro – åh nej.

*

Sotiga planeter som planlöst driver kring i en ändlös svarthet… Allting ett gott stycke efteråt.

Och hon en mördare som rör sig i tomrummen.

Kanhända lämnar spår efter sig.

Att tolkas miljontals år senare.

*

När Lizette vaknar, ligger hon nerbäddad i sin säng med Jakes armar slingrade kring sig. Det ryker lite här och där, enstaka rökslingor, men annars är det stilla, lugnt och uppklarnande på sina håll – stilla som efter en kraftfull storm på stäppen… och dofterna är i samma stund rena och klara som ett nybadat rosenskimrande spädbarn… snart inte ett uns av rök eller aska i luften. Elden ett minne blott. Det är då hon bestämmer sig för att nå havet. Lämna staden i hast när Jake gått till baren.

2

Jaroslav

Redan på tåget känner resenären sig fri.

Hur skulle det kunna vara på annat sätt efter allt hon gått igenom?

När den unga kvinnan ser en blek, delvis upplöst, otydlig bild av sitt gråvita ansikte i tågfönstrets återspegling, vet hon att vad som än i ögonblicket framträder, uttrycken som i stunden synliggörs, känslorna som växer sig starka, tankarna som tar form, är det något helt annat än det som värkts fram i det hon kommit att kalla den andra världen. En insikt som tangerar det som kallas för märgelgrav, den bottenlösa damm som finns på vissa mindre orter, ofta med en uråldrig bykärna i bakgrunden, en vitkalkad kyrka, sträng i sitt uttryck eller kanske mer som en hägring, där man ibland satt stängsel kring dammen, ibland inte. En bild som får henne att grimasera och se hur ansiktet i återspeglingen från tågfönstret gör detsamma.

Anteckning: Jag kan inte säga att det berörde mig på djupet. Det var mer ett kallt konstaterande, framför känslor utmynnande i affekt eller liknande. Det var som om det inte var jag längre. Även om det samtidigt fanns ett igenkännande. Jag menar, jag var inte helt distanserad eller tömd på innehåll. Det var bara så att betydelsen av begreppet »märgelgrav« inte var något jag kunde identifiera mig med. Jag satt i en vagn med få medresenärer, vagnshjulen slog intensivt mot rälsen, i huvudsak ett kargt, intetsägande landskap utanför tågfönstret, sällan växtlighet att tala om, få löv på de ensliga träden, några hus och gårdar utslängda lite varstans och betande kor som enda tecken på liv. Scenen var påtagligt sövande, ett slags tvångsmässigt nerdragande i något slags svårbestämt och depressivt som knappast kan sägas vara rogivande. Jag sjönk och sjönk allt djupare ned i en ytterst underlig sömn, obehaglig som den som avses sövas med eter – en slags narkos som inte får avsedd effekt men som tvingar patienten kvar i ett konstant yrselanfall, en sjuklig, grumlig vibrering som skickar en förskräcklig odör av kemisk ren bensin, aceton och sönderfall genom den upplevda atmosfären. En blandning av orolig slummer och ryckiga drömsekvenser, snapshotsbilder utan vare sig rimlig konsekvens eller logisk följd, flera hallucinatoriska till sitt uttryck...

... och sedan berörd av lena, mjuka händer, varav en del grova, ådriga – naglar eller klor som hastigt rispade mig, nålar som stack mig, fjädrar som kittlade mig. Jag såg ingen gestalt, eller någon annan form av helhet, bara brottstycken fokuserande på den del av min hud som låg bar. Akai förstärkarens röda sken gungade i takt till musik ingen någonsin hört. Ögon som gråsvarta kratrar utan liv eller rörelse. Motorsågar slängda över mäns axlar. Rykande på hallgolv. En mor som söker något eget. En far som skjuter ihjäl – en bild av röda atomer virvlande i snö, upplösta i blåsvart rymd, avlägsna stjärnor som kraschar i tystnad, som sugs in i det alltmer svarta. På marken marschaller i långa rader, leverfläckshänder som kväver allt i sin väg – allt uttryck till liv och egenvaro bortsorterat. Rosa kött som ligger bart, påminner om fiskrom, eller kanhända sköldpaddsägg, blod som strömmar från regn, bäckar, floder, från honom som mist rätten att leva – även havet går i blodets färg. Hur det ljusnar främst när den norpande norpar, hur den norpade lutar sitt vackra huvud mot den som norpar.

Tågresenären öppnar ögonen, ett grått skimmer möter henne, rökigt och instängt. En äldre man, vars ansikte är försjunket i en grå sliten överrock som liksom är virad runt hans magra kropp och hals, framträder. Hans ansikte är djupt fårat, askgrått, läpparna likblå, ögongloberna som rör sig frenetiskt bakom hans rödskimrande ögonlock, påminner om lavafyllda kratrar vilka i oro välter sig fram och tillbaka i sin kokande gryta. En bild från hennes barndom: en lärare kör ihjäl en annan lärare. Ryktet säger att han gör det med flit. Hon ser en lång stund på den äldre mannen, han noterar henne inte. Trots att man far genom trakter som historiskt sett är allt annat än pålitliga, går hans ansikte alltmer i färg av sten. Ögongloberna tystnar.

Hon tänker: trots att man domesticerat landskapet, byggt städer i glas och aluminium, förstäder i betong och korrugerad plåt, anlagt konstgjorda sjöar, gödslat åkrar, borrat tunnlar genom berg, byggt broar över floder, asfalterat vägar som slingrar sig upp- och nedför bergskedjor... All denna natur som tycks ha anpassat sig, ligger i träda eller i huvudsak synliggörs utifrån de villkor människan satt upp och skapat. Och samtidigt, växer det vilda, naturens egna förutsättningar, stigar och initiativ vilka skapat sig en livsmiljö till syvende och sist på egna villkor. Är det dessutom så att människan går från bondeland, till industriland till metasamhälle, far man förbi ruiner av kalkfabriker, sädesmagasin, sågverk... fabriker och gods som lagts ner och rostat sönder, småbrukarnas hem och ladugårdar som övergivits – är naturen där omedelbart och tar över, formar och konstruerar, skapar strukturer och system på villkor bortom människans blick. Förskjuter maktförhållandena. Hon tänker på myrorna som väller fram i väldiga armeer, fjärilar, myggor, flugor, larver, maskar... gräshoppsssvärmar, råttor, sorkar, grodor, ödlor, ormar, fåglar av alla de slag... hur de växer till i styrka och antal – gräs och vass, mossa och svampar, lava och stenar, blommor, blad, buskar, träd som breder ut sig överallt – erosion, havet som flyttar på sig, antingen retirerar eller tar över... hon tänker: tar över.

Allt detta sker på ett ögonblick, en rad eller två i Jordens bok.

Människan blir fort passé. Även i de mest urbaniserade miljöer, eller på stordrifts gårdar finns naturens kraft, redo att ta över, kvickrötterna har otaliga arméer, maskrosorna likaså. Och när så krävs, uppstår stormar, jordbävningar, vulkanutbrott, gräsbränder, översvämningar.

Hav möter hav, det regnar och snöar – tvärtom: floderna torkar ut, mumifierar... det trängs skelett överallt.

Och i det finns kanske den största skönhet universum kan frambringa. Döden.

Överallt döden.

På galaxnivå slocknar stjärnor, konstellationer och planeter, bortom varje form av hemvant.

Det är då hon anar märgelgravens betydelse.

Det är då hon anar sin egen framtid.

Inte underligt att den äldre mannens ansiktsfärg går i sten.

*

Människan – ett stycke (des)information.

Save. Copy. Paste. Delete.

Delete.

Nya system. Vad man tror. (Varje generations förbannelse, varje timmes förbannelse).

Vad som är slump eller öde kan man fundera på.

På heden ropas det meta, meta, meta…

Mest som ett eko.

Vågorna är alltid starkare än partiklarna.

Vad som är slump eller öde är djupast en ickefråga.

All rädsla ingen vågar undkomma.

Det droppar från stuprören, ner i zinkbaljan bakom uthuset, plink, klucket från spannen vid vattenpumpen med finsvarvat trähandtag, det ångar från marken, dropparna hänger i grässtråna, några åker kana på bladen, faller ljudlöst och målar sig (en abstraktion, en frånvaro, en skugga – något embryonalt, ett liv av kött, information, omöjlig riktning, till det som är oidentifierbart i grunden), på spretande nakna, mörka, livlösa grenar, flugorna speglar sig i vattendropparna, putsar sig och gör sig till, det glänser som stjärnor i deras ögon, vingar, som stärks i sin skörhet, rådjuren råskäller där skog möter äng, vråken seglar över järnvägsspåret, spanar efter mänskoföda, resenären kan riktigt längta efter att klorna ska gräva i hennes framlob, himlen ljusnar, blå och grann, solens strålar fräser i skogsbrynet och där står hon, den nyvaknade, vädrar, tänker

i bild, reser från punkt till punkt, ser sig själv där i tåg-
fönstret fara förbi. Som en partikel åker kana på en våg.
Varje vy och perspektiv blir sann i samma ögonblick som
bilden tänks, det är så det är för den som törs lämna det
mänskliga.

Även när hon går på stadens gator kan man se hur hon
bär dylikt med sig, likt en moder, barnet i sin famn.
Människoöden:
    vandringstid… födelsetid… möjlighetstid…
    Det ena för det andra. Nu som då. Före som efter.
    Aldrig sedd.
    När dimman lättar över ängsmarken, när en rostig plog så
synbart vittrar: man kan höra det i tystnaden mellan slipers,
efter tåget dundrat förbi, klingandet i järnet, i stålet, fräset
från en oavsiktlig glupskhet, man kan tvärtom höra hur
tåghjulen slår mot slipers, hur det sövande dunket pulvri-
seras där i dammet, som om det vore en sömnens drog, den
eviga resan: höra, när den gamla tar sitt avslutande andetag,
rosslar till och är borta, svischet från den unga kvinnan på
bron – och när tåget bromsar in på tågstation.

Just så kan resenären känna ett underbart oemotståndligt
sug, låt oss kalla det för en inneboende längtan efter avslut,
som om: det räcker nu, jag har gjort mitt, vill vidare – till
den plats måhända hon befann sig på innan hon föddes.
    Rälsen bakom tåget finns inte längre, minnet efter det
som varit upphör. Det gamla har gått i skelett, renskrapad
från varje tendens till liv och libido.
    Framme i en rökig stad där hon knappast kan se längre
än näsan räcker. Det bor en lycka i det. Det är så det är att
börja om.

Födas ur ödsligheten.
Med tiden se all vidsträckthet universum bär.
Inte ens Inez syns till.
Men väl friheten.
Den omöjliga.

*

Redan på centralstationen möter hon Jaroslav.

Hon hinner inte mer än stiga av tåget, dra upp handtaget på resväskan, gå ett fåtal steg på perrongen, så dyker han upp vid hennes sida. Presenterar sig, för vänstra handens fingrar genom sitt tjocka, svarta hår och erbjuder sig dra hennes väska. Han frågar henne på engelska, med en, som hon uppfattar, tysk brytning, om han får bjuda henne på en kopp cappucino, kanske också en sandwich, då hon, menar han, ser ut som en svulten anka – också fyrar han av ett brett leende, blottar en vit tandrad i ovankäken och babygropar i kinderna. Ett smittande, vänligt, inbjudande ansiktsuttryck som får henne att återgälda leendet och följa honom utan att tveka. Det finns något oemotståndligt över honom. En människa svår att bortse från. Attraktiv, kraftfull och magnetisk. Han beskriver hur hon i första hand inte befinner sig på en centralstation utan på ett mausoleum, en storslagen gravbyggnad över det habsburgska riket. Han säger: en av de sista arkitektoniska monumentala byggnader som skapades kring förra sekelskiftet, vid 1900-talets början och hon tycker att han talar som en professor. Pekar på den svindlande höga kupolen, de valvbågade fönstren med alla fantastiska glasmålningar och skulpterade madonnastatyer och beskriver dessa – symboliserande staden hon just anlänt till -som utpekare av städernas moder. På övervåningen, dit han för henne, strålar den ursprungliga entrén bredvid caféet med dess baldakin i järnsmide och nakna statyetter som frigjort och aningen ekivokt hänger på sidorna utmed baldakinen. Han beställer in två vita stora koppar cappucinos, toppade med vispad, kakaopudrad grädde och varsin skinksmörgås, och fortsätter i ett hastigt tempo beskriva stadens olika förtjänster – hängivet om estetisk arkitektur: utsmyckningar, skulpturer, broar och klockspel. Hon tänker att stationsbyggnaden liknar Petrikyrkan i Rom, bilder från kyrkans allra innersta, högaltarrummet, bronsbaldakinen, sakral och helig som hon aldrig mött i verkligheten, men väl sett på TV. Hon undrar om han kanske är arkitekt, men det förnekar han, han menar att det handlar om intresse – intresse och inget annat, och tillägger att det inte kan vara på annat sätt i en sådan stad hon just anlänt till. Alla talar om hus, utsmyckningar, skulpturer – om olika arkitektoniskt, estetiska stilar… det sitter i folksjälen, säger han. Stadsmiljöns betydelse – dess funktion och inre värde. Själens bottenlösa djup som skälver i det fysiska. Staden och dess invånare är en spegelbild av varandra, är som ett kärlekspar inget kan särskilja, säger han. Hon betraktar hans grova händer, antydan till svarta hårstrån på händernas ovansida, den kromade Rolex klockan på vänster hand, fäst i en silvrad metallänk om en stark handled. När han talar rycker det i hans fingrar, och den tjocka, välfyllda ådern på höger handrygg rör sig hastigt fram och tillbaka i takt med ordens intensitet. Han säger att även mörkret i stadens historia: bakgatornas berättelser, de högresta murarnas politik, husen med skotthål, de uppsvällda liken i floden, rädslan för angiveri, är väl förankrad bland stadens invånare, en tyngd man inte alls skyggar inför, tvärtom uttrycker med samma frenesi, i revolutionär anda, vill han mena. Han undrar om hon har någonstans att bo, och utan att invänta svar, beskriver han för henne en lägenhet hon kan få dela med honom, och tillägger att hon för den sakens skull inte har mer kontakt med honom än vad hon kan önska. En lägenhet eller snarare våning som ligger i anslutning till Stora torget, i närheten av den så omtalade bron, med alla skulpturer som lär komma till liv när natten tar vid – de judiska kvarteren, synagogan där självaste Frans lämnat sina fotavtryck, den judiska kyrkogården – gravstenarna som står så tätt intill varandra att de döda kan röra vid varandra – om de nu bara kunde… utropar han: och det sägs vara fullt möjligt i denna magiska stad, ty när ingen levande själ är i närheten, skälver den heliga kyrkogårdsjorden av aktivitet, menar han. Dit flyger fåglar, oftast duvor, men också måsar och kråkfåglar, aldrig småfåglar! När krakarna känner att de gjort sitt, när det är dags att lämna Jorden, lägger fåglarna sina trötta vackra huvuden över de högresta gravstenarna och sluter sina himmelska ögon i ljuset av den evighet gravarna förmedlar. Eller så landar fåglarna på gravstenarna, betraktar varandra och allt liv som försiggår runt omkring dem – utövar sin blick för olika skikt, själ som kropp, som naturen gett dem till skänks. Med uppblåsta fjäderskrudar, eller strama linjer, snart pickandes på det som kan tyckas otillständigt. Utan att skrämma henne, det är absolut inte hans avsikt, kan de så få i sig en del av de begravdas kvarlevor, varför man i fåglarnas ögon kan känna igen personligheter som levde sitt liv för länge sedan i denna magiska stad hon just gör sig bekant med – profiler och figurer från andra sekler och tidevarv.

I närheten av allt detta och mer därtill, har han sin våning, ljus och högt i tak, stuckatur med blad- och blomstermotiv, tre stora rum på fjärde våningen som vetter åt söder och vars höga tvådelade fönster får våningen att bada i ljus och värme när solen visar sitt underbara anlete. Lägenheten har två ingångar, en åt söder, som är själva huvudingången, vilken leder ut mot en trappa som är så ofantligt bred att en hel familj på tre generationer kan gå ner samtidigt – och det i bredd, tillägger han och ler under lugg. På bottenplan möts man av en elegant vestibul med konstfull ornamentering i taket och målningar direkt på de kalkade väggarna, utförda av en för staden känd konstnär, gestaltande floden, bergen och de vackra dalarna som omgärdar staden, eller drömmarna därom, och sedan porten med smidat järnhandtag utformat som ett lejon i språng och med kolorerade fönster som gör att när solen skiner in, utropar han, bildas en regnbåge av de underbaraste färger som fyller entrén och vestibulen med sådana estetiska färgsammansättningar man förknippar med paradis och inget annat – rena magin! säger Jaroslav. Typiskt för hans stad!

Den andra utgången från lägenheten, fortsätter han, den utgång han oftast tar, i synnerhet när han hyr ut halva lägenheten till någon turist, likt henne – man kan säga, i det sammanhanget, tillägger han, och fortsätter le, att han, som ett av sina levebröd, är i turistbranschen – den andra utgången leder via en oansenlig trappa, till sitt formspråk vardagligt och funktionellt, ner till en intim, vänlig, ack så vacker innergård där en gårdsvaktmästare, herr A sköter om planteringen av rosor och andra sagolikt vackra blommor som prunkar så skimrande om våren och om sommaren. Ja man måste dela badrum och kök, och vardagsrummet om man vill, men sovrummet är självklart hennes eget, och man kan regla dörren inifrån. Hon kommer att få det rum som leder direkt ut till hallen och vidare till huvudingången, kan på så sätt känna sig privat och ensam i den utsträckning hon själv önskar – så beskriver han och undrar i samma ögonblick vad hon tycker om det, och Lizette kan inte annat än att nicka, liksom till sin ovana, lägga huvudet på sned och le – och så är det bestämt. Han är så övertygande, stark i anden, att hon rycks med i hans entusiasm, hans målande, lockande beskrivning – därtill oemotståndligt charmfull och ytterst liksom hypnotiskt brinnande i sin blick. Även om han skulle visa en mindre tilltalande sida, resonerar hon, spelar det ingen som helst roll. Och i det avseendet är hon sig lik, rädsla och försiktighet har aldrig legat för henne, resan, uppbrottet från det invanda har inte förändrat henne i sådant avseende.

En stund senare lämnar de båda stationsbyggnaden och promenerar i rask takt till den våning han så vältaligt beskrivit för henne. Och Lizette känner en tillfällig ro, den första sedan resans början.

Fortare än man kunde tro

säger Jaroslav, att han kan se genom henne som hon vore av glas. Se att hon är en ung kvinna med en högst ovanlig blick, att hon har en särdeles kontakt med sitt inre, ett djup som många flyr från, att det finns något sensitivt i hennes utstrålning, sättet hon rör sig på, handen hon för genom håret, den undersökande blicken – men att det samtidigt finns något obestämt och privat, som hon sällan, kanske aldrig, har delat med sig av, kanske beroende på att ingen tagit sig tid, säger han, att lyssna på henne, lära känna henne – kanske då man är rädd för vad hon gestaltar, rädd för att hon ska blottlägga … något gemensamt, svårt, men också individuellt, säreget.

Han säger att få besitter den styrka han tror hon äger, den intelligens och sensitiva hållning som liksom ger henne en peak få innehar, samtidigt kan han se, och här för han handen med den trummande ådern genom sitt korpsvarta hår, hur hon är olycklig och en smula vilsen, i obalans, att det finns en brist inom henne hon inte ens själv vet hur hon ska fylla – och, säger han, det är där han kommer in, hur han, jämte staden, ska vara den som ger henne ett steg på vägen, som öppnar upp något för henne, som kan få henne att gå framåt. För visst är det så, menar han, att hon liksom har avstannat, och att hon hoppas att resandet ska kunna ge henne nya verktyg. Hon svarar honom att det visst kan ligga något i vad han säger, men att hon mest är ute efter en stor dos vila. Att han förmedlar en viss träffsäkerhet i sitt sätt att betrakta och blottlägga henne, är inget hon finner märkvärdigt, om man frågat henne hade hon hävdat att hon ser på sig själv som en öppen bok, lätt att avläsa för var och en oavsett land, språk, kultur – som har förmågan att se. Att det också finns något privat inom henne, tillstår hon, som hon möjligt inte ens själv känner till.

Kanske han?

När han visar henne lägenheten, säger han, att hon har kommit på rätt plats och det vid rätt tidpunkt. Att det kommer gå bra det här. Hon säger att det måste hon tro på. Sneglar på sängen, säger att hon behöver sova. Och möjligt drömma en smula.

Ett ovist antal dagar senare

ser hon på honom där han står och ser ut över staden vid
ett av de höga tvådelade fönstren i vardagsrummet – solen
ringlar sig runt hans hals, upp över ansiktet, sätter sig i
det svarta håret och ger dess lyster en kastanjeröd glans.
Hon går fram till honom, söker sig intill hans breda rygg,
lägger armarna runt hans bröst, händerna på hans hjärta
och håller om honom på ett sätt som får hennes inre att
skälva.

Han säger henne att det inte behöver vara så här.

Hon tystar honom med att det är så här det måste vara.

Han är så stark och hon behöver hans styrka.

Han fyller så många rum inom henne.

Hon säger plötsligt att hon vill lägga sitt liv i hans händer.

Han svarar henne att det är för mycket för honom att
bära, att var och en måste reda ut sitt, att han bara kan
ge henne möjligheter, sedan lämnar han henne ensam vid
fönstret – och solen som rör sig efter hans avlägsnande, gör
att det snart skymmer, blir natt.

Själv springer hon i desperation från rum till rum, korsar
salar, genom korridorer, ropar hans namn men får bara
ekot åter.

Några kvällar senare, när mörkret åter sänkt sig över land-
skapet, ljusen tänts i staden: neonskyltarna, gatlyktorna,
fönsterbelysningarna, mobilerna som blinkar med oavbru-
ten intensitet, hör hon på avstånd hur det klickar från en av
ytterdörrarna, hon är inte i stånd att avgöra från vilken, till
det är klicket för obestämt, liksom skyggt, hon dessutom
alltför avlägsen.

Hon står vid fönstret där han lämnade henne, händerna slappa utefter sidan, ena knäet lutat mot karmen, det andra rakt och stelt med tårna trummande och när hon blir medveten om sig: benens värkande och ansiktet ut mot staden, blicken kringskuren av tilltagande ångest.

Han går fram till henne, lägger sina kraftfulla händer på hennes axlar och vänder henne om, ser henne i ögonen och säger att det är dags för henne att sova. Hon låter honom föra henne till sängkammaren, klä av henne, lägga henne i sängen, och stoppa om henne. Är mer kraftlös än hon förestställt sig. Har ingen aning om hur lång tid som gått sedan de sist sågs. Därefter lämnar han henne igen, viskar god natt, lovar att finnas för henne morgonen därefter – stänger dörren om sig. Hon ligger alldeles stilla och stirrar upp i taket, andas knappt, skuggorna spelar mot stuckaturen, rör sig oroligt av och an. Snart drömmer hon, ögongloberna rör sig ljudlöst bakom hennes ögonlock, drömmer om det hon måhända aldrig kommer att minnas. Bara denna ständigt återkommande känsla av avsked. Förlust.

Så är det för henne under hela hennes vistelse i staden. Hon minns aldrig sina drömmar. Men vad finns det egentligen för henne att minnas? Hon är den som inte längre har någon historia att minnas. Och följaktligen finns det inga drömmar hos henne som behöver drömmas. Jaroslav svarar henne att inte alla drömmar handlar om det som varit, hon säger att det inte har någon betydelse. Han svarar att det inte stämmer, att hon bär på en längtan… att han kan se hur hon längtar, intensivt, trånande och därmed drömmer. Hon svarar honom att det inte är samma sak. Han säger att drömmar och längtan inte kan skiljas åt. Hon svarar att då har hon ingen längtan heller. Att det hos henne handlar om encelliga reaktioner, inget annat.

Han säger att han ska visa henne staden. Att staden bär på så många drömmar, att staden när en ständig längtan, en outsinlig längtan (svår att definiera, men alltid närvarande), att det sitter i väggarna, drivs fram hos skulpturerna, i smedens hammarslag, i varje öl som slinker ner i någons strupe. Att det lyser ur ögonen hos stadens befolkning, i språket, samtalen över caféborden, uppstår ur hälsnings- och avskedfraserna, inbyggt i själva strukturerna, hur stadens invånare rör sig fram och tillbaka efter detta trånande mönster – att han ska visa henne att dessa båda inte går att skilja åt. Att det alltid har varit så. Oavsett om man varit ockuperade, förtryckta, förslavade, eller som nu lever som om man vore någorlunda fria.

Hon säger att där hon kommer från, finns det inte längre några drömmar att ta till, att allt är fullbordat, inget mer behöver sägas eller utföras. Att sådan känsla innebär att det hon beskriver är försvunnet, avlägsnat, numera icke-existerande.

Han säger att hon måste vara sårad – som en liten fågelunge som alltför tidigt föll ur sitt bo.

Hon säger att hon visst kan känna igen sig i en sådan liknelse, men att det inte längre beskriver något av betydelse.

Hon följer honom, tätt följer hon honom, viker inte ett steg ur hans skugga. Följer hans röst, hans »broken english«, hans tyska brytning – hans intensiva röst som liksom böljar fram inom henne som ett sökarljus över ett oroligt hav, som ger henne viss orientering, förankring, den enda hon numera har att ta till. Men hon hör inte vad han säger, kan inte alls ta till sig vad han berättar om – håller honom smart hårt i handen, ser som knappt skönjbara kulisser, hus och människor, broar och floden, och i periferin stöveltramp och pistolskott… gråsvarta statyer som blickar strängt ner på henne, fotavtryck i stenen, varav en del från avlägsna tider, andra tydligt samtidsorienterade.

Hon ser möjligen hur strängheten verkar på andra plan idag än igår. Att förändringen kan sägas gå mot det ljusare, men att det samtidigt finns samtidsarenor vars tvång och fångenskap är svårare att upptäcka. Arenor som hålls kvar som en slags gisslan av det förgångna (eller så handlar det om andra auktoriteter med likartad effekt). Det är då han kommer till henne, säger att det är först nu som stadens invånare kan resa sig ur askan och skapa sitt eget – och det är i det sammanhanget hon förstår skillnaden mellan honom och henne.

På natten ligger hon ensam i sitt rum, stirrar ut från insidan av sina ögon, andas knappt, är rädd, eller snarare skräckslagen, är säker på att det syns att hon är en mördare, att hon är en sådan som kan smyga upp bakifrån och sticka kniven i ryggen när man minst anar det. Kanske är hon en sådan som dödat flera, en massmördare på flykt undan rättvisan i hemlandet, hon minns inte – kanske tog hon död på väninnan, inte direkt, med något tillhygge, eller med sina bara händer – snarare med ord, känslor, ögonblick av beröring, löften om kärlek. Dylikt som handlade om samhörighet, likhet, syskonskap – att hon var den som var stark och skulle beskydda systern från allt ont.
    Det är så mycket skuld som driver fram inom henne som hon inte vet hur hon ska hantera.

Svek.

Hon som tog emot Inez hjärta och lämnade det vid väg-
kanten att reda sig själv.

När Jaroslav plötsligt sitter på hennes sängkant, undrar
han varför hon gråter – när han kryper ner hos henne och
håller hårt om henne, vänder hon sig mot honom, särar på
sina läppar och kysser honom. Det slår liksom över, hon
nästan våldför sig på honom, drar hetsigt av honom hans
kläder och låter honom tränga in i henne med full kraft,
det gör så ont, så mycket smärta inom henne, som blandas
med vällust och plötslig fullbordan – där möts de i natten, i
mörkret, bland stjärnorna, gatlyktorna, blinkande mobiler
som rör sig som krälande insekter över stadens gator och
torg. Det klipper från Twitter, Instagram och Facebook.
Kanhända en kör av mygg över floden.

Elegier som lever sitt liv på det där okänsliga sättet.

Hon och han. Möts i en känsla av närvaro. Samhörighet.
Tillhörighet. Men också i en känsla av svek. Avstånd.
Frånvaro.
Smärta.

Han säger att det är stadens själ som talar genom dem.
Hon säger att hon inte känner igen sig.
Att hon tappat allt i samma stund hon steg ned på per-
rongen.

*

Nästa dag tar hon en promenad i staden på egen hand. Går
i rask takt genom gatorna, över torgen, bron, arkaderna

som avlöser varandra (den ena efter den andra, tillsynes oändliga i sitt antal), utan att egentligen ha något specifikt mål i sikte. Hon tänker: omöjligt i en stad som avkrävt henne allt. Snart får hon syn på en ung kvinna som promenerar ett tjugotal steg framför henne. Kvinnan rör sig i samma takt som henne. Långa steg, armar som svänger rytmiskt. Frigörs ur mängden och blir strax det enda synliga. En ung kvinna som märkbart påminner om hennes syster, om Inez. Kvinnan slinker in på ett café. En oansenlig dörr som öppnas och slukar den fokuserade. Lizette följer efter, går in, får genast syn på den unga kvinnan, beställer kaffe och slår sig ner vid bordet sidan om henne. Känslan att det är Inez är större än Lizette kan ta in.

Hon kan inte se hennes ansikte, men rörelsemönstret är detsamma. Och doften, en blandning av rädsla och nyfikenhet. Lizette är på väg att resa sig upp, gå fram till den unga kvinnan, samtidigt som denne plötsligt vänder sig om och ser på Lizette, Lizette som ser att kvinnan inte alls är Inez, faktiskt mycket äldre och påtagligt rynkig – lagd makeup och rouge i tjocka lager, inte alls Inez.

Inte alls Inez.

Senare: irrar Lizette på stadens gator, känner knappast närvaro, förankring eller samhörighet, även om det är en hel del som söker fästa sig vid henne – som blodiglar, kan hon tänka.

Vad som försiggår i hennes inre vet hon inte alls för stunden. Hon är som ett gapande svart hål i marken, en sådan där otäck variant som öppnar sig av sig självt, plötsligt och brutalt – och slukar världen. Henne.

Som om staden hade en metafysisk storhet.

Eller en underjord av intresse.

No way!

Om något, i så fall det som har med landskap att göra.
Vidsträckthet. Kalhyggen. Och när detta något framträder
som visar tendens till avslöjande, en slags identifikation,
korn av frigörelse, tendens till samhörighet eller tvärtom
en ohygglig sanning, är det i huvudsak aska och förkolnat,
likt ett nerbrunnet hus hon vagt tror kan ha betydelse från
det gamla landet.

Det är som en dröm, eller snarare det som är verkligare –
och när hon söker vinkla blicken åt ett annat håll (man
säger: vaska fram guldkorn ur stenar och grus), står hon
och stirrar ner i den livliga floden och det i skymningen,
gråmörkret som tagit över, trots att hon gick från lägenhe-
ten om morgonen. Hon kan med andra ord inte alls redo-
göra för vad som hänt henne, vart hon gått, kvarteren hon
passerat, hur timmarna efter cafébesöket förlupit.

På båda sidor om sig har hon svarta skulpturer, flodvatt-
net rör sig hastigt under henne, nog ropas det: hoppa lilla
snärta, porten till den gamla staden ligger i mörker, någon
rör sig overkligt fram och tillbaka i dess närhet, i efter-
hand påminner rörelsen om det som avser gestalta en söm
som sys – ett idogt arbete som binder natten vid sig, och
hon som får svårt att andas, känner liksom hur luftstrupen
snörps samman och hur hon då vänder på klacken, går
hastigt och en smula paniskt mot andra hållet, springer
snart, trots att hon vet att det för henne längre bort från
lägenheten, från Jaroslav, det som trots allt i denna overk-
liga stad har visst fäste eller i vart fall borde ha fäste… hon
anar: har alldeles för mycket fäste.

Strax når hon brofästet, hoppar vigt in i en stadsdel

hon aldrig förr varit i, arkad avlöses av arkad, ett slott på höjden, nu i blåsvart skugga, sänker sig hotfullt ned över henne. Liksom slukar blickens fält. Spring tillbaka till floden, hoppa lilla snärta. Betäcker henne med all sin burdusa brutalitet. Trots att hon inte har en aning om var hon går, vart hon är på väg, vad hon kan tänkas uppleva – alla dessa vindlingar och labyrinter som breder ut sig framför henne, bakom henne, snarare inåt än utåt. Är det så hon måste gå.

Av tvång – alls inte av lust eller nyfikenhet.

Och där, långt borta, i horisonten eller kanske från evigheten, nedkommen från bergen, ur dalen där floden slingrar sig fram, ser hon plötsligt sin mamma röra sig mot henne, hur modern sträcker ut sin hand mot dottern, ropar något. Hon kan känna en intensiv längtan att gå mot henne, söka nå modern, ta henne i hand och följa henne… men något tvekar inom henne och i samma stund hon blir medveten om sin tvekan, försvinner modern, liksom upplöses, faller samman och avlägsnas.

Hon kommer att tänka på ödsligheten – tankarna om det självskapande; hur i varje slut finns en början. Att ständigt medvetet befinna sig i en möjlighetssfär, hur svårt det kan vara. Att som människa söka träda ur sin egen bestämning, ständigt ligga på lur mot det som fäster.

Han dog inte hennes far. Han stängde bara ofrivilligt dörren om sig. Och själv, är hon väl ingenstans. Hur svårt det är att ge upp sig själv. Det enda som i slutändan kanhända är verkligt.

Senare: Ett torg växer fram… tumult, slagsmål mellan två

bjässar, folk stannar upp, står på lagom avstånd och bildar en gigantisk cirkel runt de kämpande, folk flockas i fönstren, väller ut från caféerna och krogarna medan de två kämparna pucklar på varandra. Det går till blod och brutna käkar. Det är som en kamp mellan två urkrafter, mellan det goda och det onda, utan att kunna definiera vem som är vem, vad som är vad. Lizette tänker att det växlar: det som avger godhet ena stunden är motsatsen i nästa. Svårt att veta vem eller vad som har övertaget. Om det finns det man kan kalla för rätt att döda.

Snart uppstår det slagsmål lite varstans på torget, blossar upp som eldar och ryker samman.
　　Gnistor som irrbloss i etern.
　　Lizette viker in på en sidogata.
　　Slinker in i ett kapell – ett katolskt.
　　Följer stearinljusen som trålaren fyren.
　　Ser alla madonnabilder, statyetter, ikoner av Maria med barnet i sin famn – eller, den ursprungliga, ensam, som den svarta kvisten, ögat däri – i en slags ställning av predikan, som om hon vore guden – så talar hon till folket.

Viskningar från floden: hoppa lilla snärta: Hoppa!

Sidan om en affär med ryska dockor i skyltfönstret, kamrat Brezjnev som numera inget kan göra… annat än att se fånig och maktlös ut, likt den docka man som människa så lätt blir – förr eller senare. Det räcker att ställa in någon i ett hörn så är man inte längre. En snärt med en flugsmällare. Förr eller senare.

En port längre bort får hon syn på kvinnan från caféet,

hur den tandlösa slinker in i en arkadgång, kastar ett öga på Lizette,

Lizette som följer efter, hon kan inget annat göra, det finns en oemotståndlig kraft, omöjlig att värja sig mot, tvingande.

Och samtidigt en oerhörd skräck… hon styr sig inte alls.

Hon frågar sig om det är ett tecken – om scenariot har med hennes förflutna att göra. Hon måste bara finna ut vad det är som så drar i henne, skrämmer henne, men också oförsonligt fäster henne vid kvinnan. Kvinnan som inte alls har likheter med Inez. Sammantaget omöjligt att värja sig mot. I sådan stund kan Lizette undra hur Inez har det.

När hon vaknar, av gryningsljuset får man förmoda, är allt som vanligt, Lizette har inga drömmar. Hon stiger ur sängen, går mellan de högresta rummen, låter fingertopparna vidröra de vita dörrarna, känner en viss tillfredsställelse över sin ensamhet.

*

Anteckning: Hon kan se deras olikheter. Hon tyr sig till deras olikheter. Hon skyr deras olikheter. Hon suddar ut sig själv för att nå hans inre, känna likhet, samhörighet, närhet – sudda ut sitt eget, allt hon bär på, skulden som kan göra henne galen, oron som kan få henne att falla samman, vilsenheten som kan få henne att vilja avsluta, hon tyr sig till honom som ett barn till sin mor.

Skvalpar runt i en rädsla att bli övergiven.

Kan stå i timtal och se ut över staden, stå i fönstret, med vänster knä vilande på fönsterkarmen och vänta på honom.

Jaroslav, mannen hon blev tvingande fäst vid från första dagen.

Så olikt henne – eller tvärtom, hon tänker: vad, vet man om sig själv.

Och när han kommer hem vill hon vara hans älskarinna, vill känna hans hud mot sin, hans hårda muskulösa armar runt sig.

Vill vara hans hustru – maten färdig på bordet, ta av honom jackan, massera hans nacke som han ofta har ont i.

Det finns dagar han låter henne spela sin roll, dagar han spelar med och är en del av hennes sammanhang – men på natten kan han försvinna ut i den mörka staden, lämna henne efter sig som om hon vore ett avlagt klädesplagg slängt på fåtöljen i vardagsrummet.

Hon har ingen aning om vad han sysslar med, vem han är i staden, hur han får sin plånbok att fyllas med sedlar, vilka vänner han har. Hon vet ingenting om honom, och han berättar inget heller, frågar hon, svarar han undvikande, ofta med en motfråga, så att allt ljus faller på henne. Han säger att hon kan bo och äta gratis hos honom så länge hon vill men att hon inte får kräva något av honom, att hans liv, antyder han, är komplicerat, att det inte är möjligt för honom att ha det på något annat sätt. Att han är bunden vid sin stads historia på ett sätt han inte kan förmedla. Till det räcker inte hans engelska till.

Vissa saker kan man inte förändra, bara följa, göra det bästa av.

Jaroslav säger att han kan se att det finns en inre kamp hos henne som hon har svårt för att hantera, men att han inte kan hjälpa henne, att han har nog med sitt eget, att hon måste reda ut sitt eget för sig själv. Det enda, upprepar han, som han kan erbjuda henne, är att stanna så länge hon vill, och när hon måste resa – när det är dags för henne att lämna staden, har hon inga som helst förpliktelser gentemot honom, hon behöver inte ens säga något, hon kan bara resa. Att det är så det måste vara.

Han säger att han insett att han inga möjligheter har att ge.

Han säger att hon inte kan fly från sin bestämning.

Han säger att hennes möjligheter är hennes egna.

Men det finns stunder man kommer varandra nära.

Stunder han plötsligt kan öppna sig för henne, visa sin sårbarhet med ögonen och kroppens språk.

Hans litenhet i hennes famn.

Det kan också vara när de sitter i vardagsrummet med tända ljus och smuttar på ett glas öl. Sitter nära varandra och ser på när skuggspelet från staden blandas med stearinljusen på de vitspräckliga väggarna.

Hon och han, Jaroslav och Lizette, kan sitta tysta, lysana på bakgrundsbruset från staden via det öppna fönstret, bruset från floden. Vid något tillfälle kan han beröra sitt inre: tala om frånvaron av förankring, all meningslöshet han upplever, att det kan göra honom upplöst, transparant och overklig, men att det kan föra det goda med sig att han på det planet inte känner förpliktelser, bundenhet, ansvar eller skuld – att han accepterar sitt eget handlande oavsett konsekvenserna. Att det inte rör honom när någon dör eller försvinner på annat sätt ur hans liv. Att det ibland är en följd av hans verksamhet i staden. Hon kan antyda att sådant är en flykt. Han svarar att livet omöjligt kan vara på annat sätt för honom. Det har stadens historia lärt honom. Man väljer inte sitt liv. Att friheten är att ha koll på sin bestämning. Agera inom dess ramar så bra man kan. Och låta meningslösheten göra resten, som en kär gammal vän, säger han, ler och för sin hand genom sitt tjocka, svarta hår.

Han säger att moralen handlar om att följa denna sin bestämning, vara trogen vad som måste utföras.

Att han inte är en människa i någon annan betydelse.

Resonemanget kan skrämma henne, men också göra henne märkbart lugn.

Hon vill så gärna berätta för honom, men han tystar henne genom att föra sitt vänstra pekfinger mot hennes läppar.

En kväll är det dock annorlunda: Hon berättar om uppväxten, fadern som tog död på modern, om den andra världen, besöket hos fadern där han satt bakom fem meter höga murar – en oansenlig stympad fluga utan vingar eller riktning. Hon berättar om Inez, styvfadern, beslutet att ta död på honom, att det inte fanns något annat sätt att få stopp på honom – samhället som vägrade hålla honom borta från gatorna. Patriarkatets sug efter unga flickor.

Hon berättar om mordet och sedan hur hon lämnade landet. Ingen som misstänkte henne, vad hon trodde – att hon, trots allt, säkert var efterlyst men då av andra världen för att man kunde misstänka att hon for illa. Att hon aldrig kunde ta kontakt med dem igen. Att den tiden var förbi, att hon nu inte visste vad hon ville.

Han lyssnar, säger inte så mycket. Säger att hennes berättelse är precis vad han menar. Hon uppfyller sin bestämning. Precis som han uppfyller sin. När hon säger att det känns som att hennes är avslutad, säger han att hon har fel, att hon bara är i sin början. Även han, har inte alltid så lätt

att se vilken väg han ska ta, det tillstår han, vad han gör i så-
dant sammanhang är att han drar ner på farten, reflekterar,
umgås i goda vänners lag, eller, som nu, träffar henne – att
han faktiskt är inne i en osäkerhetsperiod i detta nu. Hon
säger, och ler, att det kanske beror på henne. Han smeker
henne över håret, kysser henne, men svarar henne inte

*

Senare: Hon sitter ensam vid floden, ser ut över floden, slu-
ter ögonen och reser iväg med floden, förbi de vinkande
människorna, lämnar staden för landsbygden: landskapet
ligger öde, de teglade husen är fallfärdiga, fönsterluckorna
stängda, dörrarna tillbommade, hundarna drar kring i
stora flockar och terroriserar det ödsliga landskapet.

Snart går hon på en grusväg allt längre bort från det som
blivit henne vant, det som genom tiden i staden fått ett visst
fäste, ett kargt landskap öppnar sig, sprucken, rykande grå
jord, mörkgråa stenar och buskar torra som fnöske. Det
finns inget mål med resan, inget som tyder på förändring,
hennes ögonlock är fortfarande slutna, allt är som ett slut
utan tillstymmelse till början. Hon lämnar inga spår efter
sig.

3

Floden

Floden har sin upptakt någonstans i Mellaneuropa. Två eller flera mindre floder möts och går sig samman. Två eller flera floder vars ursprung är höljda i dunkel, beskrivs mer i termer av myt och legend, framför geografi och kropp. Enligt legenden har ingen lyckats ta reda på det exakta ursprunget, kanhända finns det en länk till fornnordisk mytologi, kanhända föreställningen om ett kosmiskt ursprung, en gudomlig beröring, rentav en kejserlig krona – man pratar om den stora floden i Mellaneuropa vida överstigande var och en av alla dessa imperier som uppstått och försvunnit genom historiens gång. Varefter tystnad inträder.

Floden rinner genom många städer och varierande landskap, rinner ut någonstans i södra delen av Europa, man talar om Grekland, Italien, Spanien – om Medelhavet, hur floden plöjer sig fram på havsbotten, genom världshaven, dyker upp i Asien, genom Indien, Kina, till USA och söderut, Mexiko, Brasilien – Australien, Afrika, i synnerhet Zambesi… Det är också höljt i dunkel var Lizette befinner sig, det talas om ett kargt stäpplandskap med en hel del

storväxta kaktusar där floden på sina ställen är så smal att
ett barn kan hoppa över. Inget regn faller från skyn, ingen
vattenåder pulserar från underjorden, sprucken jord som
utandats sin sista suck, är vad som formuleras. Det talas
också om den omfattande brand som slutligen ödelade det
mesta i sin väg, om de svarta bergen i fjärran, den ringlande
ormvägen med sin orienterande skallra i luften, floden som
plötsligt breddas, å vid sällsynta tillfällen doften av sälta,
havet långt där borta.

Plötsligt nära.

4

Kuststaden

Dagar av resande – kanske veckor, månader. Hon tänker:
avskalat. Hudlöst. Ytterst sammansatt – kan också vara
fragmentariskt, svårt att veta vad som gäller. Hon tänker
att hon är många i samma kropp. Eller just ingen alls. Att
minnas det vita mot det svarta. Låt oss tala om: huden som
iskristaller, man säger: typiska tecken på uppgivenhet,
bortfall, men också ett korn av innerlighet, djärvhet: frost
i ögonfransarna och ett påtvingat minne av tre ihjälfrusna
vildsvin på rad utanför en nordlig farstukvist.

Den unga kvinnan följer huvudgatan ner mot havet, rör sig
längs med strandpromenaden, de nötande isflaken, snö-
fläckar i den frusna sanden. Hon möter få människor, mest
måsar, som varken norpar eller norpas, glider på vinden
och observerar miljön omkring sig. Dyker när fisken släp-
per på garden.

Det dröjer innan hon känner sig hemtam, öppnad mot
doften från havet, vinden som ofta gör sig påmind, och
kylan (frånvaron) som efter ett ovisst antal svåra dygn eller

veckor, möjligt månader, slutligen flyr – åt norr, först då kan den unga kvinnan våga leva och pussla samman vad gemene man vanligtvis kallar sitt. Vid dylik tidpunkt arbetar hon som servitris på en restaurang, belägen på strandpromenaden, några hundra meter från huvudgatan. Hon hyr hos en gammal dam, madame T: ett rum med egen ingång och tillgång till den gamla damens kök och badrum – på gångavstånd till restaurangen.

Ett äldre blåfärgat trähus med uppvuxen lummig trädgård, blomsterfylld, omgärdat av samma kantstötta trähus i likartad byggnadsstil och färgtoner, uppförda vid 1900-talets början. Villakvarter, ursprungligen byggda för nyrika uppkomlingar under den urbana era som epoken gav uttryck för: folkvandringens tid. Blomstrande fiskindustri. Växande kuststäder. Nu är bebyggelsen mest vid liv för utmärkta sandstränder, en vacker hamn, ett gott utbud av restauranger, en öppning mot den väldiga oceanen – för surfare längre bort, där strömmarna är upproriska och vågorna växer med sällsam kraft.

Under det första året är Lizette tillbakadragen och lågmäld, säger sällan något själv, aldrig spontant, svarar fåordigt på tilltal – ler och tänker sig: hålla sitt inre obefläckat och utanför sammanhanget. Hon är omtyckt av restaurangens gäster, man talar om henne som den vackra tysta unga kvinnan från norr. Och ägaren gnuggar sina händer då gästerna strömmar till, gärna återvänder och tar sig ett extra glas.

Havet gör självklart också sitt till. Restaurangen, i vitmålat trä, ligger belägen i en vik, förstärkt av vågbrytare, med hamnen ett stenkast ifrån. En finkornig sandstrand och badvänligt, som trots all omkringdrivande vind, ger ett eftertraktansvärt lugn och välbehövlig harmoni och avkoppling för besökaren. Långväga gäster seglar in i hamnen och lägger till, stannar gärna ett par dagar under säsong. Restauranggäster sitter bakom vitspröjsade fönster, med vita dukar och levande ljus om kvällen, äter och dricker gott. Och traktens alla ungkarlar, vilka hoppas på spännande möten, flockas kring bardisken, gärna till stängningsdags, timmen efter midnatt.

Bortom viken, ödemarken i bakgrunden, just en annan strand, vallfärdar hundratals surfare från hela världen. En del surfare sover direkt på stranden, andra på enklare beachhotell, man beger sig om kvällarna in mot staden, tar sig en öl på restaurangen, där Lizette serverar, lyssnar på musik från högtalare, vissa kvällar från någon trubadur, live.

Efter jobb kan Lizette dröja med att gå hem. Sätter sig gärna en bit bort, från restaurangen sett, vid havet och ser ut över den svarta ytan. Betraktar mer än tänker. Avböjer minnen och reflektion. Om något ditåt uppstår, låter hon det passera utan att ges fäste. Tankar som ger upphov till en känsla, eller om en renodlad känsla utan tankegods men väl som anad erinring, vibrerar inom henne, söker hon hantera sådant på samma sätt. Lägger blicken bakom, tänker: som att gå på biograf, och låter det fara förbi. Av och till uppslukas hon av bruset från den väldiga oceanen, vågorna som slår mot den stenbelagda vågbrytaren, kluckandet mot stranden. Doften av sälta. Känslan av vidsträckthet. Måsarnas dyk och stigning. Ibland kräver dylikt att hon reser sig upp i samma stund hon satt sig, går hastigt iväg. In mot villakvarteren där få belysningar är tända vid denna sena timme – känslan är alltid att oönskat faller bort. Möjligt

reminiscenser från jordens ursprung, förnimmelse av urtid, det som lockar fram: evighetens synvinkel. Paradoxalt
är det ett stöd för hennes blick av nuet. Nattens rus. Samhörigheten med klotets bana runt solen. Först i efterhand
förstår hon att hon alltid burit med sig dylikt.

Lizette som en myt, upphör i skuggorna.
    Närmare än så blir det inte.

Även kylan (frånvaron) integreras, det går av sig självt, som
nordbon har för vana. När vintern återkommer andas hon
kanhända friare.

På verandan möter hon madame T. Den åldrade kvinnan
sitter sluten i sin gungstol, roar sig med att avskilja skugga
från skugga. Madame T säger att det är om natten hon får
liv. Det är i mörkret gnistan till liv och reflektion återfinns.
Hon ber Lizette slå sig ner, frågar om hon vill ha en kopp te,
men Lizette avböjer, säger att hon är trött, och går in till sig.

På förmiddagen äter man frukost tillsammans. Solen står
redan högt på himlen. Madame T säger att man inte kan
fly från sin bestämning. Det som tros vara fritt är betydligt
snävare än så. Lizette vet inte vad hon ska svara. Hon säger
att hon en gång fann tro på ödsligheten som en kraftkälla
att utgå från. Eller lägga allt bakom sig, och sedan låta vidsträcktheten ta vid.
    Madame T kallar sådant för juvenila önskedrömmar
    »Har man levt så länge som jag«, säger hon, »vet man att
man inte kan fly historien, den som försöker är ofta tragisk
och förminskad på ett otäckt sätt.«
    Lizette säger att hon tror att den äldre damen kan ha

rätt sett utifrån nuet, men att ödsligheten parad med vidsträcktheten, har framtiden för sig.

Sedan går de tillsammans ut i trädgården, hjälps åt med lukningen och Lizette klipper gräset. Man äter lunch ihop på verandan och samtalar om vardagliga ting. På bordet, en bukett gula tulpaner. Och den vita duken, har visst broderade blåklockor i hörnen – det har hon aldrig tänkt på förr.

Det är först under det andra året Lizette tar form och plats utifrån egna villkor. Det finns dem som undrar om hon nyss anlänt och blir mäkta förvånade när de får höra att hon varit i staden under ett helt år.

I huvudsak är det ortsbor som inte besöker restaurangen så ofta, som tänker så. Men även de återkommande gästerna, stammisarna, får något vilset i blicken när den unga kvinnan från norr kommer på tal. Funderar man under ytan är hon mer en myt än av kött och blod.

Någon beskriver henne som en Mariaikon man inte tror på, men inte heller kan undgå att dras till. Många får något lystet i blicken när hon kommer på tal, säger att hon alltid funnits i deras liv.

Vad som föranleder förändringen är det få som har kläm på. En del säger att hon innan varit bister, inåtvänd och blek, om än vacker, men nu plötsligt blivit så levande, andra tillägger att det beror på att hon börjat tala – både ler och talar och kanske också börjat använda smink. En man som ofta tar sig en bit mat på restaurangen, menar att han mest är förundrad över att han inte kan höra en minsta brytning hos den unga kvinnan. Trots att han vet att hon kommer långväga ifrån, talar hon som en infödd. Använder till och med traktens dialektala ord och begrepp som han inte tror används någon annanstans. En man som ofta tar sig en öl på restaurangen, menar att det kan bero på att den unga kvinnan haft ett introduktionsår och studerat såväl dialekt som ortsbundna begrepp och talesätt, vilket nu liksom är färdigt för användning – en särdeles talang för det språkliga, rent av det musikaliska, säger han.

Så håller man på och spekulerar utan att för den saken skull ha kläm på vad som är den egentliga orsaken till hennes förändring och anpassning. Man frågar restaurangägaren som slår ut med sina måshänder i en gest som visar att han varken vet eller är intresserad av vad man pratar om. För honom är hon densamme. En sjutusan till flitig servitris som lockar allt fler kunder till restaurangen desto längre tid hon är där.

Den enda som har ett visst hum om vem den unga kvinnan är, vad hon kan tänkas gå igenom, hur det kan komma sig att hon nu träder ut i offentlighetens ljus och tar sig plats, är madame T.
Många och långa samtal har förekommit dem emellan.
Man kan säga att under det första året är det madame T Lizette tyr sig till när hon är ledig från sitt arbete.
Det är också madame T som håller henne ovan vattenytan.

Lizette håller sig mest i huset. Antingen hos madame T eller för sig själv. Går till sitt arbete, troget, och företar långa promenader längs med havet så fort tillfälle ges – en kvarleva från alla tider Lizette har genomgått. Att gå långa sträckor, »clear the mind«, som hon säger, har alltid legat den unga kvinnan varmt om hjärtat.

Det är nu länge sedan hon var den som hade ett säkert

förflutet, hyste upplevelser av kontinuitet, starkt befästa känslominnen.

Man kan säga: sådant som utgör människan, ger identitet, förankring, eller motsatsen: känslan att hon inte är hemmahörande i den värld som presenteras för henne. Insikter och reflektioner vilka också kan komma i form av språng eller hopp från en nivå till nästa.

Även frånvaro och hemlöshet gav märkligt nog, kunde hon tänka, närvaro och identitet.

Men inget av detta gällde henne. Hon var varken det ena eller det andra. Så var hennes slutsats.

Andra året sträcker sig Lizettes promenader allt längre bort från kuststaden. Hon kan stå i timtal och betrakta surfarna som djärvt rider på vågorna, hur de söker bemästra havets urkraft med varierat resultat. Hon står alltid väl gömd så att ingen kan se henne. Därifrån kan den unga kvinnan gå vidare ut mot vildmarken, mellan havet och strandskogen, förbi de sista husen och sedan den porlande lyckan över hur ödemarken breder ut sig... Havet och slätten. Landskapet hon så väl känner igen sig i. Måsarna som flyger i bredd.

Öknen som en hägring.

Det sista man ser av henne är en svart prick i horisonten som strax upphör att finnas till.

Ung man söker förankring

1

affektioner och betraktelser – fragment

Historien börjar med ett besök i en bokhandel.

Ett svep över bokryggar med bländande koloristiska titlar och författarnamn i svulstiga, anspråksfyllda teckensnitt.

Fantasifulla färgsprakande bokpärmar i tidstypisk, självspeglande design.

Blicken – sådan man tar sig an världen. Mäter ut tillvaro. Utnyttjar sakrala förtecken. Pissar i hörnen. Bedömer positioner. Mässar evigt liv.

Och i detta, en boktitel med ordet »Filosofi«, liksom i svart sorgflor, tvärsemot gängse beskrivna mönster, oansenligt och anspråkslöst – är det som huvudsakligen tilltalar och attraherar besökaren. Titeln »Filosofi«, åtta meningsriktade bokstäver vilka initialt glimtar förbi i periferin.

Svart och anti.

Känslor, sett ur besökarens inre: svärmrika, kraftfulla, intensiva, en del aggressiva, andra mjukt lustfyllda, flera djupgående, några som ett grässtrå över bar hud, vissa med självdöd i blickfånget.

Det kan handla om gudars eller enstaka själars sublima alternativt groteska uttryck. Det kan handla om fläckar, ärrbildningar eller bristningar på nät- eller hornhinnan, avtryck på huden, spår i sanden, oansenliga, oavsiktliga försänkningar i uppmjukad asfalt. Det kan handla om flugsmällarens förintande snärt, insekten som ligger hjälplöst på rygg och sparkar med spinkiga ben. Det kan handla om kraftfulla erektioner, oavsiktligt blottad hud, särade ben över tidningssidan. Ögonmötet. Den första den andra den tredje kyssen. Det kan handla om drömmar, hänryckning, andningsfokus, uppståndelse, om naturens vilsamma hand att tryggt luta huvudet mot – om den brutalitet som kantring av jordens resurser när. Om istider. Om sårskorpor som så lätt spricker och gör sig till. Det kan handla om att springa (framåt) så fort benen bär, flyga över hinder, hoppa över stängsel, svinga sig över murar, åla genom tunnlar, simma över kanaler, eller sakta in, retirera, dra sig tillbaka, hålla fast vid det som är inlärt och vant. Fundera över alternativ, steg aldrig tagna – strategiskt, på impuls, lite av varje. Ett svindlande kvantsprång. Frihet så det dånar. Fullkomnad från första stund.

Och ändå så i brist att man kan rysa av dylikt.

Det kan handla om fallna och resta, översinnliga och underjordiska, översvämning, gräsbränder, odören av krig, lik i dikesrenen, om akvedukter och kloaksystem, bergstoppar och träskmark, om havets känsla, klaustrofobi, gränder, källarutrymmen, vindskupor, trappuppgångar, om städers huvudgata, om svält och överdos, ett hopp ner i mörkret, tvingande irrande steg i ett lysrörsvitt kontorslandskap, genom kulvertar, dra i dörrar. Det kan handla om celltillvaro, labyrinter, uppstigning, nedstigning, förfall och resning, om utesittning, Andromedas frigörelse, ond bråd död, om att födas – åter, på nytt, för första gången. Det kan handla om att åka kana eller dra sig tillbaka. Förlora eller återta kontrollen. Om naturens hämnd. Pendla mellan det ena och det andra, kanhända mer som en marionett än som något annat. Och sedan det tredje – det tredje, mer berusande än vad som av mängden anses hälsosamt.

Det vore inte felaktigt att kalla tillståndet maniskt – en del skulle beskriva scenariot psykotiskt, andra hallucinatoriskt, få strukturanpassat, flera naivt, vissa otillständigt, ett antal med spår av normalitet, han, med dörren på vid gavel, snart en dominans omöjlig att motstå, en ritualiserad magisk stämningshöjare, alternativt opiatisk stämningssänkare, nedsänkt i en grumlig svartmålad sjöbotten, alternativt container, kall och oförsonlig, ekande, eller ett uppsving mot högre världar, beröring av stjärnmoln, måhända intets lockelse – och därefter reminiscenser av en sekelavlägsen hypnotism: man knäpper helt enkelt bort allt obehörigt med tummen och långfingret. Parallellt alla dessa ljuskäglor och irrbloss – facklor av minnen från något urtida, för länge sedan förbisprunget, bortträngt, förpassat, med tanke på avståndet vanligtvis dimhöljt, med åren avlägsnat. Den manlige besökaren antecknar: högst närvarande i nuets ögonblickliga puls.

Slutsats: Plötsligt är han någon helt annanstans än där han nyss var. Ung man söker förankring.

Blottlagd likt resultatet från en skiktröntgen av hjärnans vindlingar, vrår, öar, mötesplatser. Skivad och dissekerad i ett neurologiskt undersökningsrum på stadens förnämsta hospital.

På gatorna alla dessa sirener – blåljus jagande genom natten. Uniformer på rad, beväpnade med batonger, en del dragna pistoler, flertalet beredda med handfängsel. Ana det slutna rummet. Fraset från papperslakan. Ett hjärta som stångas mot en revbenskorg. Brännmaneter i samtalsgrupper runt en folktom brygga i augusti.

På väg i tvivlet men också i grund som inte kan ruckas.
   På väg i intensitet men också i stilla begrundan.
   På väg i brist men också i säregen fullkomning.
   Avstånd kopplat till närvaro. Egenvaro.
   Ursprung och förändring.
   På rymmen från första stund.

Det är längtan efter frihet som gör honom till människa. Tanken att han bestämmer hur hans liv ska se ut som ger honom möjlig framtid. Det är känslan för egendesign som driver honom vidare. Känslan att han är större än sig själv. I rena euforin kläs bokhandeln i ett skimmer av äventyr. Snabba penseldrag utan tvekan till avsedd gestaltning, Djup framför yta. Tunnelseende framför bredd. Utvald bok en magisk värld att utforska. Utvald text en hiskelig värld att läsa. Varje mening, varje ord – galaxer oemotståndliga att resa genom…

Han tänker: Förnimma. Avkoda. Intubera Tänka utifrån. Identifiera sig med.
   Han talar om fäste på cellulär nivå.
   Han talar om att vara inträngling.
   Han talar om att lämna allt bakom sig.
   Strukturer som rinner bort på utsidan av hans medvetande.
   Följt av en skygghet obegriplig att förstå.

En stund senare lämnar han bokhandeln. Enligt hans åsikt häpnar läkarkåren inför allt som utspelar sig vars omfattning skiktröntgen inte mäktar med. Står där med lång näsa och krafsar stumt i all sin desorientering. Flera, som dock i hast, vänder blick, sprider handslag, glänser med kreditkorten. Viskar trollformler i maktens korridorer. Ingen lättantändlig medikalisering, betyder: blundar och mångfaldigar skiten till andra plan. Det ingår liksom i konceptet. Såväl till drivmedel, uppsatta mål som visioner. Är väl egentligen till sin essens orubbligt. Uträknat och ansett som själva fundamentet.

Han tänker: allt innehåller sin motsats. Struktur som antistruktur. Diagnoser, paradigm och definitioner uppluckras likt tidningspapper i väta. Andra återfår sin glans, sväller ut i ett schvung efter tidens mått. Vidgar reduceringen. Vissa har aldrig lämnat. Tänker i termer av revir. Några rör sig tillsynes obemärkt i utkanten av synfältet. Redo att hugga till om/när tillfälle ges. Eller tvärtom. Mittemellan eller något annat. Man bränner helt enkelt sig själv till oigenkännlighet. En fucking fackla. Man får vara glad om något återstår.

Börja om, för satan! Man kan också säga: Håll hårt i dig själv!

(Han) står snart på gatan. Rycker i mungipan. Det är skymning. Doftar friskt från ett nyss fallet höstregn. Gatljusen tänds på avenyn, rör sig unisont likt ett pärlband upp mot Götaplatsen. Ett pärlband för sysslolösa. En mask i regnet. Ett hemligt språk vars mening blir offentliggjord genom själva uttrycket. Seendet. En känsla som tar själ via uttryckt handling. I bakgrunden höga hus som vaktar hotfullt mot skyn. Arméer av funktionalism. Taktfasta. Toffeltramp. Fabriksvisslor på avstånd. En bebyggelse som sjunker i leran. Därtill serpentiner och girlanger. Marschaller. Punsch att avnjutas på stillsam veranda. Barn som bygger sandslott. En varghona som rör sig i parken. Ormens väg för den som törs beträda. Restauranger och pubar som lockar med »happy hour«. Rörelser som slukas av frestelser. En del nationalromantiska, vissa plebejiska, andra följer så att säga mer svårtydda signalsystem. Kan också vara hur enkla som helst. Saliv som rinner till. Porer som öppnas. Blodtryck som höjs. Upplevelser som sker per automatik framför intresserad avkodning. Och i det en slags vegetativ betraktelse före hypotes, bortom slutsats och medveten handling. Ett autonomt själssystem. Någon viskar insikt. Plötslig djupsömn, prenatal vid en sprakande lägereld. Nervceller som slinker ut genom svanskotan. Några med ett hånskratt. Andra likt muntergökar har för vana.

Han har gått här så många gånger förr. Gått här så många gånger förr. Eller inte alls. Såhär har det aldrig förr sett ut. En främling i det som borde varit honom kärt. Migrant på sin egen bak- eller framgata. Men också tänkt här så många gånger förr. Till utlagd tankekarta krävs inte bara ett medvetande utan en medvetenhet. Förflutet inbyggt i samtid. Rycker iväg i orgasm. Mångfaldigar sig själv. Alla dessa liv som uppstår i varje intention. Kanske har system överlag en oroväckande förmåga att blanda samman metafysik med vardag. I synnerhet alla dessa kulturella värdesystem som gör anspråk på att vara större än sig själva. Alla dessa anställda som arbetar likt myror för att hålla samman det hela. Intakta och samtidigt i bräschen för spetsens skull. Gatsopare. Gränsvakter. Fängelsepräster. Visionärer. En och annan mumie. För att inte tala om alla dessa som kallar sig för »jag«.

I andra eller likartade sammanhang pockar filosoferna
på. Främst så kallade anti-positivister. En del farligt för-
klädda sekterister. Andra med sinnen för flera. En gång
låg filosofiska institutionen på Avenyn. Tankar som satte
paradgatan på undantag. Betraktare framför deltagare.
Gatstenen lika stångande som lusten. Lusten lika stång-
ande som gatstenen.

En aldrig avslutad kantring.

Eller tvärtom!

Kärlek så det förslår.

Alla dessa tvärtom, undantag, vänd på steken. Samma sak.

»Gosse! Vad du är ute och cyklar!«

Rörelse framför vila. Celltillvaro framför space.

Svarta hål som slukar det mesta.

Ung man söker förankring.

Pärlbandet tar abrupt slut vid Götaplatsen. Känslan av vit-
klädda tänkare som går och samtalar i skuggan framför
templet är central och fysiskt förnimbar: bildhuggare och
skulptörer som skapar liv och rörelse ur marmorn, sofis-
terna: de enda som ser genom signalsystemen. Havsguden
poserande i det benvita månljuset, åsidosatt i sin närvaro.
Det nyss fallna regnet. Gråsvart. Såväl Parmenides som
Herakleitos i allt detta som gör honom sorgsen. Statsväta
i självspeglingens gatsten, blinkande mobiler å fordons
strålkastarsken i rödsvart asfalt, fasader av glas, allt som
begravs utan att vara dött, bilden av en blodapelsin som
skärs i saftiga klyftor, rakbladet mot lenaste hud, barnet
som leker med husen och bilarna på marken, stjärnrund
i vattenpölar, månsken i bleka ansikten. Olduvai klyftan i
Tanzania. Galaxer bortom galaxer. Han har alltid haft en

speciell förkärlek till mörker. Mörkret som grund varur allt annat uppstår: form, innehåll, ljus, saknad.

Längtan. Tänker i bild.

Visst kliver skuggan bakom dig om morgonen.

Men om natten är det skuggan som visar vägen.

Mörkret, det enda han kan tillåta sig vara autentisk i. Innesluten men också distanserad. Fryst i ögonblicket. Antecknar: genomgripande. Så långt ögat mäktar se. Vem som bestämmer vad är det egentligen ingen som vet. Bottenlöst likt märgelgraven i barndomens landskap. Han kunde lika gärna vara vem som helst, var som helst. Eller ingenstans. Ingenting.

Just Ingenting.

Ingenstans.

Han ser ner på sina händer – snarare sin fars händer än sina egna. Känner hur hjärtat slår mot revbensgallret – snarare ett ofötts barns längtan än för hans skull.

Han hör hur folk talar i hans närhet: snarare monologer än dialoger – samtalar är det få som gör. Han möter en siluett i skyltfönstret, ögon som blänker på ett visst sätt, håret med den lilla tofsen på skulten, näsvingarna svagt skälvande, kan visst ana en viss överensstämmelse med sina föreställningar om sig själv, vem han är, eller tror sig om att vara – riktigt säker är han samtidigt inte, det har han aldrig varit, då han alltför sällan, alltför sällan, om och när han tar sig tid att blicka bortom ytan, upplever sig intakt, utgörande en helhet, eller någonting ditåt. Ett jag, åh nej! Han kör egentligen på utan att ha en aning om vad han håller på med. Samtidigt: behovet av förankring, tillhör väl mest det förgångna. Han menar att man lär sig leva med gungflyet. En oavvislig del av det så betydande mörkret. På fotografi fastnar han inte. Tänker han efter har det nog alltid varit så.

Kan det egentligen vara på annat sätt? I varje själ bor tusen själar fångna. Om det nu över huvud taget finns något som kan ges epitetet själ?

Någon själ kan han inte skåda. Bara dessa sprakande hammarslag i novembernatten.

Senare befinner han sig på centralstationen. Hur det kan komma sig vet han inte. Kan inte minnas hur han kom dit. Orsak – verkan har aldrig legat för honom. Man finner honom sittande på en bänk – inte en helt ovanlig syn då han lätt blir trött av allt som pockar på – ser upp på alla resenärer vilka med väskor, bags, ryggsäckar, plastkassar eller tomhänta, driver förbi i ändlösa strömmar. Antecknar: var kommer alla från? En del sitter ner, ser upptagna ut, knäpper på sin mobil, fingrar på något i fickan, döljer sig bakom kappan, huvan, andra pendlar med blicken, måhända osäkra på en fortsättning. Han står vid skogsbrynet. Det har blivit honom en kär vana. Fortare än han kunde begripa. En äldre man segnar ner framför hans fötter. Han reser sig upp och går vidare. Upplever alltid dylikt som obehagligt. Vad har jag med honom att göra? Följs av: Vad har jag här att göra? Stegras till: Vad har jag någonsin någonstans att göra? Han minns kraset från kackerlackans rygg under hans klack på ett hotell någonstans i Asien. Ödlan som trotsar tyngdlagen. Småpratandes där på väggen. Och sedan tungan som vapen. Antecknar: frisk är man knappast. Tom som en urdrucken ölburk. Och därtill ett rap. Ett tvång för sysslolösa. Resa iväg en längre sträcka har han inte tänkt. Inte heller stanna kvar. Han är här och samtidigt någon helt annanstans. Han står som mycket ung vid skogsbrynet. Han lämnar strax centralstationen. På samma vårdslösa ryckiga sätt som han gjort så många gånger förr. Hoppar på en spårvagn och far iväg. Stadsdelarna avlöser varandra en efter en. Det är sent eller tidigt beroende på vilket liv man lever. Hans förankring är resan framför målet. I huvudsak tänker han sig då tanken framför kroppen. Träden har klätts av med novembers brutalitet. Han tänker mer på krig än på naturens gång. Den som kliver av vid nästa hållplats fångar hans uppmärksamhet. Påminner om något han varit med om förr. Händelse skilt eller kombinerat med avstigaren kan han inte reda ut. Skuggor från minnets bakgård, eller påhittade för förankringens skull. Det gnisslar från bakvagnen när spårvagnen svänger. Han antecknar: italienskt, likt en kokt spaghettisträng och drar på munnen. Samtidigt som han knyter en vitnande näve om framförvarande ryggstöd. På kyrkogården är fler gravljus tända än någonsin förr. Folk vallfärdar till gravarna. I hörnen står de döda och förundras. En raritet han aldrig förr anser sig ha stött på. När han väl stiger av spårvagnen är han ensam. I de flesta fönstren är det släckt. Någon står och andas bakom en gardin. En svart katt tränger sig ut genom en balkongdörr. Han rör sig så långsamt att man knappast kan tala om att färdas. Tankarna har stillnat. Pulsen gått ner. Känslorna stumnat. Andningen är ljudlös. Porten och ytterdörren till hans lägenhet likaså. Han får krysta länge innan han kan sköta magen. Tandborstningen sker utan att han märker det. Vägen in till sovrummet känns overklig. När han väl somnar är övergången följsam som en vågs lätta krusning mot strandlinjen. I bakgrunden kluckar det från en stupränna. Bilen som far förbi på gatan utanför hans öppna fönster, stör honom inte. Kanhända är det Gud som tar sig ton. Ylar i natten. I drömmen blir det lätt så. Han står som mycket ung vid skogsbrynet, i södra utkanten av sin hembygd. Blickar ut över sädesfälten, betesängarna, rapsen, vägnätet, staden som kryper allt närmare. Det är gryning. Egentligen är det för kallt att sova ute. Skogen bakom honom är snarare en större dunge av högresta granar, belägen på en kulle med fält runt om i alla väderstreck. I mitten en glänta där han lagt ut sin sovsäck och sovit djupare än vad omgivningen kan tro. Kylan bekommer honom inte. Till det är fokuset för starkt åt annat håll. Åtta år senare syns han i baren på en Stena båt till Fredrikshamn. Som alltid under denna tid, har han Nordstedts uppslagsbok, en filosofi bok, för ögonblicket Susanne K Langer: »Filosofi i en ny tonart«, en anteckningsbok, två blå kulspetspennor med sig, vart han än befinner sig. Han funderar en hel del över det diskursiva tänkandet: över den successiva fortskridningen från ett tankeled till ett annat tankeled. Vad det kan betyda, tar det tid att lista ut. Förändras eller inkorporeras samtidigt allteftersom tanken djupnar och breddas – skrider fram i all sin inneboende skönhet. Och sedan i galopp. Ett hopp ut i det okända – svår vilsenhet, ångest, men också hemkänsla. När han vaknar är han någon helt annanstans. Promenerar snart på kyrkogården i Noret utmed Siljan. Han tänker att han ska avvakta ett tag till. Ge livet en chans året ut. Färdas med den styrka som otillhörigheten och utanförskapet präglar. Hur det finns en kraftfullhet i lidandet. Skörheten. Hudlösheten. Hur det finns en djupnad energi i ångest och melankoli. Ett världshav som ger oändliga möjligheter. Hissa alla segel, segla dit vinden bär. Och bevara sig själv möjlig i det. Det finns så mycket han vill tänka, uppleva, reda ut. I det är han snarlik den som håller tillvaron kär. Och det är måhända så det är, fast han tveklöst förnekar dylikt. Antecknar: det han håller mest av, är livet som sådant, färglagt med det han satt sig för att utgå från. Han går inte upp ur sängen. Vänder sig på andra sidan, drar täcket högre upp, bara det gråsprängda hårburret syns. Dagen är inte för honom. Det var längesedan det var så. Finns ingen anledning att ändra på det. När han lämnar kyrkogården är stegen avvaktande, dröjande, det finns en tydlig tvekan i hans kropps rörelser, hans tankar är kvar bland gravstenarna, bland dem som rest iväg, de som färdas i fortsättning eller som hamnat i avslut – här reser man inte alls – den dominerande känslan är att han inte vet om han har kraft nog att återvända, alls mod att uthärda all den oförställdhet och avkläddhet han inte kan dölja. All smärtfylld övertydlighet han upplever omkring sig. Minsta känsla som visar sig, blottas i varje ansiktes skiftning. Tränger fram instinktivt, brutalt – så illa att han kan gå i kramp. Skälver där på grusgången. Hoppar från bron i drömmen. Dylikt är outhärdligt, såväl andras som egna uttryck. Går inte alls att värja sig mot. Obemärkt slinka förbi. Han möter ingens blick, ser ner åt marken vid varje möte, grus och asfalt, regn och snö, äng och strandkant, söker så bevara sig själv. Varje väderlek och årstid detsamma. Det gör ont. Smärtar så han kallsvettas. Yrar. Inte förrän skymningen sätter in andas han friare. Ett ovisst antal år senare är det annalkande mörkret den signal som får honom att stiga ur sängen, koka sig en kopp kaffe och fundera över nästa drag. Det går numera i huvudsak per automatik. Signalsystem som ett slags evighetsanspråk, per definition, slentrian. Oftast blir det en lång nattlig pro-menad och en hel del tänkande. Antecknar: meningslöst –

för neuronernas skull. Dessa övertaliga horder som sitter med korsslagna ben och syr på möjliga kontaktställen tills ögonlocken blir tyngre och den drömlösa sömnen tar över i gryningen. Ung man söker förankring. Spanar efter sammanhang. Medelålders man har gett upp: betyder, han finns inte längre. Vem som nu gör det? Hålla fast vid ett jag som aldrig funnits. Varför han går här och stampar eller tassar, gör ingen glad, vet han inte, det har bara blivit så, en olustig ovana, svår att frigöra sig från. Är måhända alltför feg att ändra på saken – för livet kärt, håller han väl knappast längre? Som ung skulle han säga: nyfiken – nu skulle han förneka sådan beskrivning, fast… det kanske så det är i slutändan. Alltså: Hur ter sig ålderdomen och dylikt. En månad till. Hålla ut till årets slut. Han lägger sig på sängen och läser Hesse och känner igen sig. Han tänker att han just ska avvakta ett tag till. Slumrar till utan att vara medveten om vad som sker. Således när han väl låser dörren och beger sig hemifrån har de flesta gått och lagt sig. Huskropparna står mörka och dystra, lämnar god plats åt vad som kommer honom för. Avskalat och reducerat flyter det diskursiva tänkandet friktionsfritt. Han känner sig hemma. Mörkret är hans trygghet. Dem han möter ser han säkert i ögonen. Det kan vara gatljus, bilars strålkastare, och alltför starkt neonsken som irriterar. I sådant scenario slinker han in på en sidogata. Ner i en källare och rotar runt bland gamla minnen, mest bråte och obrukbart. *I allting skall du bli invigd om du vågar.* Allting i rörelse, ständigt i rörelse, inget i rörelse, allra djupast: orörligheten. Det ena likaväl som det andra, båda på samma gång – det handlar om skilda nivåer. Betrakta delta. Ung man söker förankring. Medelålders man söker utslocknandet – med finess.

Klingande glaskupor. Sejdelns tid är förbi. En bardisk skimrande i kulörta färger. Måhända är han på stadens tivoli. Två snabba öl. Han tänker på besöket i bokhandeln. Han rör sig rastlöst mellan gator och kvarter. Stadsdelar. Parker. Bergsformationer. Ogästvänliga barr och alla dessa knastrande skärande snäckskal. Om någon uppmärksammar hans existens är den snart glömd. Han ser sig själv i varje skyltfönster – och det är ingen vacker syn. Vad har han här att göra? Vad har någon här att göra? Han springer genom landskapet, rusar på i en väldig fart, sicksackar mellan huskroppar, avskalade löv- och barrträd, rosslande ljungkvistar klamrande på mörknade berghällar, sjöar, tjärn och sädesfält i bakgrunden – genom ett blödande vägnät. Man är efter honom. Man är alltid efter honom. Försöker göra om honom till någon han inte är – någon han absolut inte vill vara. Man säger: Det enda sättet att hantera den illasinnade är att låsa in honom, någon tillägger: slänga bort nyckeln. Ett kok stryk borde han ha. En mansålder senare kan han visst ana barnets vinning framför den vuxne. Men det han visste med tolvåringens direkta insikt har gått förlorat. Kvävt. Av såväl kulturen som biologin. När hans föräldrar på veterinärens inrådan låter den svarta mellanpudeln Pernilla lämna jordelivet, hanterar han sorgen genom att var dag ta ut den blå volta dammsugaren ur städskåpet, kalla dammsugaren för Pernilla och dra kring förvandlingen i lägenheten. Liksom rasta den orörliga. Så gör han var dag under två månader. En dag är det över, han har gått vidare.

Nu kan han sova dygn i sträck.

Han promenerar till havet, hamnen, ser småbåtarna, lotsen, fisketrålarna, Stena Danica som guppar under Älvsborgs-

bron och längre bort ett antal segel- och motorbåtar upp-
dragna på land – ligger där som löften för det tanken kan
föreställa sig. Känslan värker fram. Måsarna och trutarna
spär på. Ett skri om frihet. Jordens historia i en enda oktav.
Han tänder en cigarett, röker hastigt, sprätter en lång fimp
i en båge över vattenytan, en glöd som dör i samma stund
fimpen slår i havet med ett kort fräs. Måhända sprattlar
till. Som hummern i grytan. Eller snarare den som tror sig
ha patent på sanning och konsekvens. Det finns mycket
skönhet i dylikt scenario. En finess för de finkänsliga, tän-
ker han, gourmeterna, en önskan om att ta del av avlägsna
salonger. Pepsodentleenden. Svartsyn över all bedrövelse de
högröstade dominerar med. Åter befinner han sig på båten,
läser mening för mening ur Langers bok. Det finns en oer-
hörd styrka i alla dessa tankar som föds inom honom – slår
liksom an klingande tonarter som förtrollar, fördjupar och
ger en särdeles tyngd till hans existens. Ett tankedjup som
plötsligt får honom att härda ut på ett sätt han aldrig förr
upplevt, det är som en ny identitet får sin form genom filo-
sofin. För stunden växer han med ljusets hastighet, växer
in i en värld han inte kan få nog av, en identitetsskapande
värld som trots hans kraftiga humörsvängningar leder
framåt, anger riktning, skapar förankring – detta är jag,
sådant är mitt fokus – och död och tillbakagång är liksom
avlägset, periferiskt, tillbakapressat. Han kan se hur han
står på däck, blickar ut över havet med en styrka jämförbart
med vädrandet vid skogsbrynet. Han behöver inte längre
drogerna, och institutionerna har han aldrig behövt, all
stigmatisering är vid dylikt tillfälle frigjort från den han är
och avser bli, ett alltmer avlägset minne i periferin. Svinner
i horisonten. Han är så mycket större än så.

Han står och vädrar i skogsbrynet, sveper med blicken över landskapet, i förgrunden det röd- vita boningshuset, ladan, jordkällaren, brunnen, de hundraåriga oxlarna, sju till antalet, på rad vaktande mot vägen, åkrarna – sädesfältens rasslande i vinden, klöverängarna – blommor och örter, han förnimmer: doften av kabbeleka och malva, surrandet av insekter och fåglar som liksom jublar av livsbejakelse, de spridda husen, gårdarna, traktorerna, hundar som skäller och ylar, katter som jagar och spinner, fjärilen på hans fingertopp, humlan vid hans öra, klungor av kor, får och hästar stående i tidlösa hagmarker, tuggande, smackande, och han, tänkande på all helighet han möter – hopp över gärdsgårdar, hopp mellan sekler, mellan tillstånd och stämningar, myggornas körsång, barnen som leker i skymningen, barnen som leker med drömmar och galaxer i gräset, klingande glas, händer som söker varandra i mörkret, musik i sommarnatten, ensamma tankar som skyggar för kören av mygg, för alla typer av sammanslutningar, alla dessa smärtsamma sammanhang, och längre bort byn, orten han aldrig känt sig hemma i. Här, vid foten av berget, där blandskogen breder ut sig, där älgar och ugglor äger på ett sätt människan sällan förstår sig på, där en och annan svart orm ligger och solar sig varma försommardagar, där poesi och naturreligion är det som beskriver, där avstånd och närhet är två sidor av samma mynt – dit har han sökt sig för lugnet och perspektivets skull. Clear the mind. Här har han levt och verkat, här har han utvecklats och förändrats, ömsat och förnyats, renats och enats, gripit tag i det som är väsentligt, steg han anser betyder något, sådant som skapar annan framkomlighet. Det senaste året har han knappt lämnat platsen: hudlöshet har avlösts av hudlöshet, skygghet avlösts av skygghet, och allt som krossas… förpuppas, söker pånyttfödelse, transformering, död och nedgrävt i jorden, lager för lager, mil för mil, egenskap för egenskap, deljag för deljag – en cartesiansk metod läser han sig senare till: han börjar om! (Utan att för den sakens skull finna ett jag). Han tror sig börja om. Första tiden tillsammans med en ung kvinna han aldrig menade han skulle separeras från – och sedan ensam: som den solitär han innerst inne upplever sig vara. På denna plats har han börjat om, sökt finna en annan identitet än den som tvingande växt fram genom åren. På denna plats, har han sökt skapa om, skala av, måla nytt. Skriva förändring. Vandrat på stigar, få människor han genom åren mött, beträder. Han är långt ifrån framme, det blir man aldrig, är hans övertygelse, men han har skapat en grund, en annan blick, en känsla av egenval, av härligt sammanhang, och det gör honom viss att han är på rätt väg. På insidan av sin dagbok har han skrivit: jag är åter på väg, har lösgjort mig … Står likt det väntande tåget på slätten, alla ljuspunkter långt bort, alla möjligheter – och så ett ryck: fotsteg i gräset, något som visslar… Han är på väg…

Ung man söker förankring.

Snart till staden, Han säger: det är dags att resa vidare: i den stämningen ligger ett vemod, ett rop i vinden, en visshet om brist: han vet att den form av betraktelse han kunnat utgå från kommer att bli svårare att behålla, vidareutveckla, hålla intakt. Han vet att blicken för nyanser, han tänker: det subtila, aningar och viskningar, möjligheten att använda sina sinnen som finstämda känselspröt – förmågan att finslipa och utveckla det han håller för ömhet, rent som Rilkes blick, riskerar att slamma igen – fly sin kos inför stadens hastiga puls… Han vänder sig mot bonden som kör honom till staden, mannen med mustaschen man easily kunde tvinna och vaxa till en design som aldrig lämnats, keps lojt satt på skulten. Lyssnar på bonden när han initialt långsamt och sävligt, liksom väger ord för ord – snart brinnande och maniskt, berättar drömmen om något annat, ett boxarlöfte utöver det vanliga – en ung man som nu är nöjd med bökandet i jorden. Nedtonandet. Och styrkan i det.

Hur bonden bär med sig kraften från det ena till det andra. Han röker en handfull cigaretter, handrullade, tobaken är Samson, förbikörda byar, orter, mindre städer, skogar och sjöar. Under året i huset, har han, tänker han, just flytt människorna. Om någon kom på besök, stack han alltid till skogs. Mest varit för sig själv, i sig själv och rotat runt: i sina egna tankar, i sina egna känslor, i sina egna vandringar – skrivit poesi och läst hyllmeter med böcker. Insett eller avgränsat att det är ett starkt jag som ska till. Ett starkt jag som har förmågan att bestämma vad som ska ingå i dess väsen och i dess uttryck. I efterhand tänker han: även om det egentligen inte finns ett jag, finns det perioder man måste utgå från dylikt. För hälsans skull. Vid tidpunkten har han känt en euforisk upptäckarglädje – det är så mycket han vill veta, förstå, och i det, har en (naiv) föreställning om alltings möjlighet och påverkbarhet rotat sig i honom. Man kan säga: snarlik sådant han upplevde vid tolv års ålder, den värld han vid den tiden gjorde till sin – av vilja, av tvång – en darwinistisk reaktion på en för honom ogynnsam miljö. En tankens stridande soldat. Och därtill ett upplevt jag att ta till.

Hoppet om förankring. Man kan hellre tala om rustning. Snarlikt eller vad: bonden som söker bära med sig styrkan från det ena till det andra. Och lyckas! Att åter bege sig till människorna och samtidigt hålla kärnan intakt.

Senare ska han kategoriskt hävda att frihet är en illusion, sådant människan måste ta till för att hantera all meningslöshet som breder ut sig, liksom avser gödsla öknar och mer öknar vart än blicken far – självdöd innan nästa andetag är påbörjat. Bonde kan han inte bli.

Och därefter blir begreppet öken den djupare insikt tanken når. En slags hemkänsla. Och i det utan kärna. Utan jag. Hur kategorier lämnas vid vägkanten, till en början obemärkt – hur nya söker ta vid, eller snarlika, rentav identiska, försök till ny klädnad.
 Jaget som lämnas vid vägkanten.
 Rinner av, driver bort, torkar ut.
 Aldrig. Alltid. Knappast enbart emellanåt.
 Han tänker: omöjligheten i det hela.

Vi kör mot solnedgången, och sedan in i mörkret, fjärran alla dessa spridda ljus som går sig samman och bildar samtalsgrupper, formerar radband för normalitetens skull.

Glöden från en cigarett. Bonden som tiger. Utanför förorterna sprutar draken sin eld. Vem kan vara rädd när man inte finns?

Han tänker: all barock känsla av upplösning som ständigt lurpassar, beredd att ta över, alltså: har redan tagit över (i svår och förnöjsam munterhet) – som ett ovisst antal år senare är hans enda utgångspunkt här i världen. Ett slags öde han aldrig kommer ifrån. Men nu är han på väg till staden.

Redo att möta människorna. Den filosofiska grundkursen vid stadens universitet. Att ingenting finns, har han lagt åt sidan – som den välartade skolgrabb han sällan var. Anteckning: Man tror att det är viktigt att veta vem man är, att känna fast mark under fötterna, veta var man kommer ifrån, var man befinner sig, vart man ska ta vägen, att det alls finns något man kan referera till som ett jag – detta är jag! och peka dithän hjärtat lokaliseras – men dylikt får allt mindre betydelse ju äldre man blir, en avlägsen stjärna som sugs in i allt omkringliggande mörker, en medelålders man som står här med ett ben i kärret, en gubbfan som lika gärna kunde vara en fågel, varför inte en insekt, irrande kring sänglampans sken, eller koltrasten som suger i sig masken med en särdeles frenesi, masken på kroken slukad av fisken, fångad av fiskaren – havet som tar dem allihop. Livet sin egen kontamination. Det ena som det andra som det tredje… slump och meningslöshet. Öde. Kulturanpassat. DNA: et som spelar tärning med avkomman på en avlägsen veranda.

Han måste ta en sömntablett för att kunna somna. Han måste ta två sömntabletter för att kunna somna. Han tar ingen sömntablett, ger fan i om han är vaken eller inte, hinner inte mer än lägga huvudet på kudden så somnar han. När han vaknar värker och krampar musklerna, får honom att känna sig ledbruten och reducerad, avlagd i ett hörn ingen ser, aldrig tar notis om. Ett skälvande löv ensam på grenen om senhösten.

Natten har varit intensiv, drömmar har avlösts av drömmar, allt fler fysiska till sitt utbrott. Skakar och skälver, går i epilepsi – med jorden kan man tala om vulkanrörelser – som orakel har för vana, eller av ofullkomlighet, tillkortakommanden. Sammanfattning: utmattad, saliv, rinnande, skär tunga, hängande. Det var längesedan han sov gott om natten. Det var längesedan han över huvud taget låg i sin säng om natten. Han håller sig vaken tills han ramlar samman. Han sover egentligen aldrig. Möjligtvis pannan mot husväggen. Om mobilen ringer, svarar han inte – han har stängt av ljudet, har sällan ljudet på, kan inte påminna sig när han senast hade ljudet på, kan inte påminna sig när han senast talade i telefon – finns ingen mening, även om någon av intresse skulle ringa… ingen ringer, varken av intresse eller ointresse, det var längesedan, om någonsin – allt är glömt: såväl det goda som motsatsen. Han slutar ladda sin mobil. Vad som är vad är dessutom utsuddat. Han har slutat arbeta. Ligger efter med hyran. På väg till gatan – som man säger: med stora steg. Ung man söker förankring. Det har aldrig funnits annat än omöjligheter att ta till.

Medelålders man har för länge sedan slängt mobilen bland soporna. Bortglömd på golvet i en garderob han aldrig öppnar.

Han finns inte längre, om det nu någonsin varit så han tänkt sig saken?

*

Händelsevis upp! Stiger han denna morgon. Tillagar grötfrukost som vilken kanalje som helst. Kliver ur lägenheten, över all bråte som reducerar rummens öppna ytor till ett minimum. Ser väl förskrämd ut där han smyger längs husfasaden i allt ljus dagen frambringar: river jackan i remsor och ryggen i blod. Så flyttar vanligtvis, fler än få, smärtan till hanterlig nivå.

Ung man söker förankring

Det är revolten efter frihet som gör honom till människa. Det är känslan för egendesign som driver honom vidare. Det är tanken att han bestämmer hur hans liv ska se ut som ger honom framtid.

Han står vid skogsbrynet
vädrar, betraktar, tänker, funderar, planerar -

framförallt känner han, förnimmer, hur alla dessa tusentals vidöppna, glasklara, ytterst sensibla känselspröt vibrerar hos honom med brusande kraft och intensitet – känselspröt som han vid denna tidpunkt i livet låter sig upptas av, i varje moment strävar att utgå från – andas i all naturlighet och finstämt, eller när situationen så kräver, grovhugget med en särdeles självklarhet, för tolvåringen springande begåvning och yttersta styrka: det handlar om vad som känns rätt och riktigt, vad som för honom utgör ett avgörande huvud-spår att följa. I dylikt är det inte nödvändigt, intressant, ens möjligt att allt skall vara eller bli förstått, holistiskt insett, eller detaljmässigt synliggjort, varken för honom som pri-vat eller offentligt. Men det ska kännas rätt, doftspåren ska vara starka nog, insikten en skissad karta i bild, och det har han som yngling ingen svårighet att läsa av och utgå från. I det är han mer ett djur än en människa, tänker mer med sinnen än med ord – likt barnet vid en given utsträckning har som substans och självklar vana. Där finns en tydlighet han inte känner minsta tvivel inför.

Han vet vad det handlar om. Vilken väg han ska beträda. Var han i varje typ av sammanhang ska lägga sin utgångspunkt. Han famlar inte det minsta över vare sig syfte eller mål, varken i generell eller i specifik mening, möjligt, sett ur backspegeln, varianter av tillvägagångssätt. Grundmotdrag – i huvudsak även dessa kristallklara. Han är stenhård i sitt vägval. Fanatiskt sinnad. Ser ingen annan utväg att hålla vuxenvärlden stången – och det är i den kampen, reduceringen, som på djupet kan grumla, leda till av- eller omvägar.

Han vet att man inte litar på honom, han vet att man inte alls tror på honom – inte har det minsta vilja att stödja honom i den process han genomgår. Att man tvärtom avser per tvång infoga honom i det som är etablerat, statistiskt sett normaliserat, allt det som anses värderingsmässigt acceptabelt och väl förankrat i den kultur han fötts in i. Vuxenvärlden, reflekterar han i ett senare skede, som i sin tur ofta lever efter mönster bortom reflektion – försvarar utan att veta vad man egentligen försvarar.

Han har egentligen inte den blekaste aning om kampen han står inför.

Vilket pris han i slutändan måste betala.

Fiendens styrka: patent på sanning, space och annat krafs.

Hur mäktig vuxenvärldens arsenal av såväl konkreta som abstrakta motattacker, tvära kast och bromsklossar, avbön och tvång att vända, ökar i takt med hans ålder.

Han, kastad in i en tillvaro – en värderingsgrund han inte kan fly ifrån eller i grunden förändra – men väl revoltera mot.

Han tvekar inte – aldrig!
Slänger sig tveklöst in i kampen.
En kamp på liv och död. Vad annars?
Se bara på alla som fått sätta livet till!
Glasad under en neonblinkande reklamaffisch, slingrad runt en vask, nacken knäckt i en fyllecell, överdos på ett slirigt stengolv, kanhända raklång över ett järnvägsspår.
Batongslag och vita cellväggar – lysrörsvitt.
Röda färgklickar som galna demonhuvuden stirrande från gotiska katedraler, han, som av Djävulen sargas svårt och ymnigt blödande.
Känslan att krypa ner i sovsäcken, ensam i livfulla natten, i skogsdungen, inuti det förfallna huset, den bortglömda arbetsboden, är mäktig som en egen galax.
Det är först när han hamnar i trappuppgångar det gör ont.

Likt varje uppbrott innebär – likt varje nyskapad form åsyftar
- pånyttfödas eller förintas.
På nytt födas eller gå under. Det finns inget annat val för honom.
Han är som han är. Som han fokuserar på att vara. Som han kämpar för att vara. Egensinnig. Frihetstörstande. Nyfiken på det som ligger utanför de idéer vuxenvärlden på alla upptänkliga vis avser fostra och forma honom till.
Tillika i tvång och mer tvång: paragrafer och tillhörande

lagar – fyller honom med straff och mer straff för hans uppstudsighets skull.

Tre dagars isolering på Ekbacken.

För hans känsla att skapa sig själv och ingen annan.

Ett hiskeligt försök att kväva varje tendens till självständighet hos denne unge man.

Hur gör ni nu?

Smärtan som ger liv.

Friheten i blodsmaken.

Han står vid stadens port: vädrar likt hinden, betraktar likt alfahannen, tänker likt revoltören, instinktivt likt schackspelaren, känner alla motdrag och strukturer och i den frigörelsen uppstår känslan: ung man söker förankring –

hantera, bemästra, gå ur, passera, distansera, se på håll: fokusera på ett knappnålshuvud i en höstack, associerar en myrstack, eller ett fucking myller av människor som inte vet vart de är på väg – dylikt illaluktande stoff, sig själv som allt annat. Vinka av på håll.

Flugsvärmar som återgår till livet bakom muren (höjd 5.32m).

Betyder: bäst är att blåsa bort all skiten och köra sin egen grej!

I varje system finns inbyggda felkonstruktioner, vars svaghet och bräcklighet vid rätt angrepp får hela eller delar av bygget att alldeles säkert rasa samman, eller, om inte annat, blotta sig oförmodat och oplanerat. Alla dessa tillkortakommanden

som är så lätta att se, upptäcka, avslöja för den som tar sig tid.

För den som törs tänka utanför ramarna.

Det finns alltid sprickbildningar omöjliga att fylla igen.

Det finns alltid idéer... vars anpassning kan vältas på ända.

Det finns alltid gudar att montera ner.

Hur lätt det är att finna sig själv i en myrstack.

Men så finns det sådana tjänstemän: gränsövervakare, som just har till uppgift att sätta stopp: fylla igen, platta till, lägga över, styla om, slå till marken om så krävs – antingen på egen hand: kontrollera, stänga in, stipulera, åtgärda, eller oftast anlita någon behörig – en doktor, en åklagare, polisen, anstalt, ett psykiatriskt sjukhus, vad som passar för ändamålet.

Att hantera när sådant oroande uppdagas, uppstår som något felkonstruerat – och kräver insats.

Åtgärd. Polissirener. Domstol.

Satt på anstalt. Isolering. En lugnande tablett, psykologsamtal.

Man lever efter devisen: bättre att bygga fängelser, än röja nya vägar till hav och annan vidsträckthet.

Stänga in den som kallas avvikare.

Det ställer flertalet upp på.

Främst av rädsla kan han tänka. Folkhemsrädsla.

Samma gamla sjuka rädsla för att dö.

Ung man söker förankring: bryter sig in hos diverse etablerade på deras kontor, scouternas klubblokal (för avstängningens skull), eller i deras hem: slår sönder allt som är i vägen, stjäla det som går att sälja, dricka upp det som är starkt nog att dricka, sno åt sig vad som finns i sparbössan hos kära små barn. Eller sedlar slarvigt slängda i skrivbordslådan – en oskyldig stackare (mammas gosse) som i ett huj blir av med sin väska, plånboken, sina kontanter. Guld och silver. Arvegods eller nyinköpt.

Rycka handväskan från gamla tanter.

Och skita i vilket trauma sådant kan ge.

Om det nu finns någon som kan kallas oskyldig?

Teodicé är förlegat! Likaså godheten som princip – absolut som handling. Har alltid så varit.

Ni är alla mina fiender.

Känslan av frihet i en sexpack mellis och ett par gram lib.

Frihet att ställa sig utanför – lagar, värderingar, normer å annat shit som söker kväva.

Känslan att dundra in i en speceriaffär, lasta på sig en back öl och segla ut genom kassan utan att betala en spänn!

Känslan att sparka till och hoppa ut i natten, rymma iväg och sno en bil, dra till staden och tända på utav helvete!

I det är det betydelselöst om man lever vidare eller dör i det snaraste.

Huvudsaken man öser på!

Pumpar sig full med galaxer och far förbi – vidare – vidare – iväg!

Till Andromeda eller något ditåt – förbi.

Som ett bi.

Han står vid vägkanten, med tummen i vädret, resa vart? – har ingen betydelse. Det blåser friskt, vinden tar i så trädkronorna vidrör den svarta jorden, rymden är blåsvart, få stjärnor, jagande gråsvarta moln som driver våldsamt åt söder, jordklotet som rör sig med en osedvanlig frenesi åt motsatt håll, och sedan kommer regnet, allt detta regn som skoningslöst vräker ner och snittar upp jordskorpan likt ett rakblad över vidbränd hud. Allt blod som följer.

När en bil stannar vid hans fötter, en vit hand öppnar passagerardörren, tvekar han inte att stiga in. När ett blekt ansikte synliggörs, två vilsna ögon möter hans, byts frihet mot tvång.

Ung man söker förankring

Han vandrar den ena gatan den andra gatan den tredje gatan den fjärde gatan den femte gatan och där den sjätte gatan den sjunde gatan den åttonde gatan viker av in på den nionde gatan den nionde gatan övergår i den tionde gatan den elfte gatan den elfte gatan... den tolfte gatan längs med den trettonde gatan...

Han betraktar mer än deltar, tänker mer än talar, söker mer än griper – skriver poetiska utkast, dagboksanteckningar, reflektioner, det som faller honom in, upplever, känner med all den styrka hans unga kropp förmår, ägnar sig åt ute-sittning, det hans vidöppna hjärna söker ta in av naturen, universum i hans inre, och Vintergatan! Mest i ögonblicklig bild kan han i efterhand tycka.

Hjärtats vita slag...

Han springer allt han orkar, sicksackar mellan granar och husfasader... längs med djurstigar, landsvägar, stadsgator – förvandlas gärna till ett skyggt djur om natten, det går av sig självt, inget som tvingas fram eller kräver lockrop (som ugglan) ur mörkret. Naturen tar över: tänker som ett kor-allrev, en sten, trädet som böjer sig i vinden, reser sig åter upp, vargen som sicksackar sig fram mil efter mil genom det skiftande landskapet – skygg för det mesta – skygg inför allt som rör sig i förgrunden, skygg inför blickar, undviker blickar, anar dem, ser några, eller inga, alltid alla – skygg inför händer, undviker händer, anar dem alla, närmar sig några, famlande, närmar sig inga – inga händer what so ever:

snarare dimma, dis över gröningen, slöjor över gatorna, all jordens historia i ett och samma andetag, den svarta jordens rökighet, grumligt över ögonlocken, omslutande bristande sikt genom ansiktets otaliga linjer och spår, klar sikt från hjärtat sett, blicken: håret som hänger fritt, slänger och dänger och böljar och slöjar sig över ansiktet, kamouflerar, bevarar och konserverar, öppnar för frihet. Vargkäft. Man talar om hans blygsel, hans distans, tillbakadragenheten, eller om hans våldsamhet, kaotiska tankar, rymningsbenägen – han talar om rättigheten att vara i sitt eget och fly därefter – slinka iväg när så är av nöden… hans hjärna som är mindre vidöppen än han tycks tro.

Han sparkar till – hoppar tveklöst in i natten. Känslan att vara sig själv närmast i mörkret, bland skuggor och dunkelhet – kan jubla över sådant scenario.

Dagen gör honom blek. Transparant, knappt synlig i allt lysrörvitt ingen längre kan undgå. Alla reduceringar. Små nazifigurer överallt – minsann. Han, en jude – ett knappt dricksglas fullt.

Stegen kortare, ryggen krum, insektslik, andningen väsande. I profil »gammal vinge« – näbben längre än vad en sådan har bruk för. Och simfötterna otympliga, inte alls ändamålsenliga som sägen förtäller. Som naturen sägs ha för avsikt.

Existentiell förankring, rabatt system söks.

Ett vidöppet hjärta – en manet? absolut inte!
snarare en delfin: självklart!

Gryning. Poseidon uppstigen ur sitt morgonbad. I bakgrunden nakna fötter mot marmorgolv. Han har ännu inte gått och lagt sig. Sitter i skuggan av stadens konstmuseum, läser sofisterna och känner igen sig... Det är honom totalt ointressant om det är rörlighet eller orörlighet som är essensen, om grundelementet är vatten, eld, luft, jord... Subjektets möjlighet att välja är vad som har betydelse. Han tänker: enda chans till överlevnad! och känner skräck över alla begravningar som ständigt sker.

Alla döda han gått förbi sedan mycket unga år.
   Sig själv likblek i havets spegel.

Och sedan: ett mantra av sin far: *shiam* – sitter med benen korsslagna: *shiam* – upprepar: *shiam* – följer: *shiam*, snart integrerat med hans andning: *shiam* – timme för timme, mil för mil, liv för liv – så ser han sig själv uppifrån, hur han går där på gatan som vilken kanalje som helst – och ändå som någon helt annan. Han kan känna smärtan, sönderfallet och sedan storheten, raketavskjutningen... utanförskapet.

Beröringen av den enda möjliga friheten.

Tanken som inte längre kan föreställa sig ett svart hål.

2

Alice – skisser ur svårmodets tid.

En stund senare sitter han fördjupad i en bok om västerlandets filosofi på ett konditori med utsikt över stadens paradgata. Framför sig har han en kopp svart kaffe, en anteckningsbok, en kulspetspenna, en självslocknad Samson i ett glasat askfat och Russels bok. I bakgrunden hörs porslinskoppar mot porslinsfat och teskedars metalliska skrap. Det är höst. Han antecknar: ett eldigt impressionistiskt landskap som breder ut sig likt en uppfylld önskan. Röda och gula löv som virvlar i oktobervinden. Drivor av löv runt alléträden på trottoaren. Måsar i luften. En kaja vid en papperskorg. Hukande människor bakom uppfällda kragar. Tre bord bort uppmärksammar han två ljushåriga flickor, livligt språkandes, den ena lägger i ögonblicket höger jeansben över det vänstra, den andra, för undan en slinga av sitt axellånga, raka hår som fallit ner över hennes rosiga oktoberansikte, kastar sedan en blick åt hans håll, medan hon ivrigt fortsätter att tala med väninnan. Han kan omöjligt höra vad de säger men väl se läpparnas rörelser. I bakgrunden återspeglingen av skimrande löv i en bladguldsinfattad väggspegel. En ballerinafigurin i brons på en marmorvit hylla.

Hennes ögon är ljusblå som en sommarhimmel.

Hon distraherar honom. Han har svårt för att koncentrera sig på texten, kommer på sig själv med att gång på gång snegla åt hennes håll. Blir orolig av all vackerhet hon utstrålar. Läser mening för mening utan att förstå vad han läser. Går tillbaka några rader, läser om, ser upp –

och ser henne inte längre…

Plötsligt är hon inte längre kvar, sånär som på ett antal utspridda äldre damer, den yngre expediten som biter på en nagel, är han ensam i lokalen – ensam på konditoriet med alla kulörta bakelser, kanelsnäckor, småkakor och kaffehurran som ångar likt oktoberdimman över havet och fyrarnas melankoliska sång.

Han kastar med huvudet via väggspegeln ut genom fönstret, över trottoaren, drivorna av löv, den hukande anonyma svarta massan, kajan som lyfter – pejlar mot paradgatan, ser den blå spårvagnen, anar kören av elegi i rälsen – ser dem inte. Hur flickorna lämnar efter sig en air av saknad… Klingande klockor av saknad.

Och dessa demoner, en del önskningar, andra påtvingade, han vanligtvis umgås med.

Han slår ihop boken lämnar konditoriet och promenerar iväg. Till skillnad från övriga gångtrafikanter släpar han benen efter sig. Skiter fullständigt i att det blåser. Stänger inte ens jackan om sig. Tycker snarare att den bitande vinden är behagfull, som ett ömsint slag på käften. Vinden får honom att känna sig levande – motsatsen till illa levd: skugglik och osedd som han oftast gör. Kan flanera så i timtal. Periodvis i djup begrundan, god eller mindre god betraktelse över vad som sker omkring honom, ibland i samspel med tankar, verbala och välformulerade, ibland i splitter med ett svårtolkat skimmer eller tomrum – som att springa i en ändlös korridor, eller dunka huvudet mot cellens betongvägg, folkond inför var och en han möter, och sedan återvändande till ett sprakande inre ordfyr-verkeri.

Spårvagnen slirar elegi i rälsen.

Lite smärta får det allt vara, i alla väder, tänker han.

Han tror inte på idévärlden. Han menar att dylikt är ett naivt önsketänkande, hjärnans sätt att hantera det som enligt honom inte är möjligt att greppa, slutsats: mänsklighetens desperata sök efter mening, betydelse, förankring. Haka upp kragen på. Tron på en metastruktur – lätt formad efter gudomliga mått – åh nej! sådana växlar kan man inte dra på hans förmåga att se sig själv uppifrån alternativt nerifrån. Det är då han får syn på henne. Hur hon står och väntar på en spårvagn. Som en uppenbarelse. Tveklöst.

I drömmen går han fram och presenterar sig, är sådan han aldrig är i verkligheten.

I stunden är han paralyserad i såväl tankar som känslor, går visserligen på framsidan av spårvagnskuren, så att hon, den åtrådda, har chans att se honom, men han viker inte av det minsta med blicken, stirrar som en frusen bastard rakt fram och går förbi som om hon inte berör honom, som om hon är honom helt likgiltig, en oskiljbar del av den svarta massan.

Han kunde dö på fläcken.

Just glappet mellan önskan och handling lider han svårt av. Det finns en stark längtan inom honom att för en gång skull sammansmälta det han tänker han vill utföra med det han i slutändan utför. En längtan, gäckande lik en mytisk sagofigur han minns från barndomen, men glömt namnet på, en figur som kunde låta sin önskan gå i uppfyllelse i samma stund önskan uttalades, inte det minsta grubbel, tvekan, eller glapp. En verklig figur han vid 12 års ålder trodde sig själv om. En längtan, ständigt redo att slå honom till marken, inför all hans ofullkomlighet han ständigt när i vad han än företar sig, såväl i väntade som oväntade situationer.

Ett scenario som hos honom allt som oftast utmynnar i en, vad man kan uttrycka, sjukdomsalstrande frustration, allt annat än barnets – han får alltid så ont i magen. Spyr galla varhelst han befinner sig. Blodklumpar i avföringen. Pissar i varje gathörn. Spruckna blodkärl i ögonvitorna. Alldeles för långa tånaglar. Kan ge fan i att duscha under en månad – dusch har han endast i källaren och då via en gaslåga han måste tända för att få varmvatten, och en pollett (han sällan har) för att få tillgång till gasen. Han äter sällan, har ändå inga pengar eller sparad mat i kylen, kanhända en förpackning makaroner, en flaska ketchup och en påse mjöl i skafferiet, mjöl vilket han med vatten å salt knådar ut till runda tunnbrödsliknande kakor han därefter steker på gasspisen (utan smör) i det uråldriga stekjärnet den förre hyresgästen lämnat efter sig.

Därtill när han en svårhanterbar, självdestruktiv me-

lankoli som formar honom folkond och aggressiv – strax
ohämmad, via kopiösa mängder öl – som lika ofta grenas
ut i likgiltighet, sådan man kan se hos den som gett upp
gnistan till liv och riktning – över den brist som utvecklats
inom honom till förbannelse, han tänker: den huvudsak-
liga position han tycks dömd att leva och verka utifrån.

Hur skulle han i ett sådant scenario ha minsta möjlighet
att påverka önskningen: den andres upptäckt av honom?
      Han som frossar i sitt utanförskap samtidigt som han
brutalt sitter bakom ett galler han inte kan undfly.

Han bär alltid saknaden med sig, är just innesluten i sin
egen saknad, oförmögen att kliva ur och göra något vettigt
åt saken. Alltid denna förbannade elegi i rälsen.

Det är som han vore fånge i sitt eget inre, patetiskt kvar-
glömd bakom muren på 5,32 meter han omöjligt kan hoppa
över. När han analyserar sin fångenskap, hjärtats avtända
stångande mot revbenskorgen, alternativt frustande själv-
ömkan som får honom att kasta upp, spy blod, ser länken
mellan den frihet han redan som mycket ung eftertraktade,
med hur hans val snart sög in honom i det gap han avsåg
fly från, blir han inte enbart känslomässigt beklämd, utan
snarast konkret handlingsförlamad, han känner det som
om han aldrig kan frigöra sig från dessa illa socialiserade
förutsättningar, den fångenskap han varit utsatt för under
så lång tid av sitt korta liv, och hamnar dessvärre, på ett
attitydplan: jag, en ensling aldrig skapad för denna värld
etc. Suger åt sig filosofiska termer som solipsism, litterära
förebilder som stäppvargen, malande introspektion under
haschrus, och gör sådant till sitt.

Han går på krogen, super sig full, bråkar, blir utkastad, vrålar och somnar på femmans torg, vaknar av en spark i ansiktet. Går inte ut, i vart fall sällan före mörkrets inbrott, fördjupar sig i filosoferna och antecknar febrilt det som passar hans utanförskap. Kastas in i en överdimensionerad ångest – åter och åter detta smärtans frosseri han själv någonstans göder – det gör så fucking ont att leva, men det är samtidigt obeskrivligt skönt att ha någon slags identitet att ta till. Dylikt skapar honom stark, dylikt skapar honom svag – ligger på madrassen på trägolvet i sitt vardagsrum som den fucking ensling han är och drar upp benen vigt mot bröstet, vet att det är en bild lätt att ta till, men sceneriet säger allt, och behövs i slutändan för att kunna somna.

Utanför fönstret driver gråsvarta moln på i ett tempo som om allt är över.

Och sedan revolten: ett foster som vägrar födelsen, ja, ni förstår.

Han börjar drömma om henne så fort han gått en bit ifrån henne. Så snart han fått viss distans, vänder han sig om och ser hur hon går på en spårvagn och far iväg med ett ryck.
Ångrar med hela sin ungdoms förtvivlan att han inte gick fram till henne, sa hej, och lät det sjunka in hos dem båda: Hur de stod där vid spårvagnshållplatsen avskärmade från allt annat och var i den storhet sådan helighet ger.
För en gångs skull…

Hur ofantlig hans förvåning är när hon dyker upp på Filosofen, dagen han får veta att hon har en resttenta i kantiansk etik hon planerar skriva under vintern. Han låser in sig på toaletten och skälver en bra stund efteråt han hört henne lämna lokalen. Så är det alltid, minsta känsla av sådant slag och han gör tvärtom vad han borde göra, kan ju alltid hoppas att hon snart söker upp honom och våldför sig på honom. En katharsis motsatt det han innerst inne behöver.

Du måste visa macheten för att det ska bli något.

Det vände under åren som inlåst. Starkast när han lämnade muren bakom sig. Han tappade mycket av förmågan att välja, fokusera. Tappade förmågan att läsa av sin omgivning. Det är alltid de unga kvinnorna som väljer honom, och han öppnas upp, mer av uppmärksamheten i sig, än av möjlig attraktion. Förväxlar så kärlek med att bli sedd, och de unga kvinnorna som väljer honom, attraheras i huvudsak av de drag som finns kvar hos honom efter åren på institution, som kriminell, som drogmissbrukare, de drag som av och till gör honom vild i sitt kroppsspråk – i sin tankesfär och i sitt känslouttryck. Det som egentligen handlar om något helt annat, drag som handlar om själens skörhet – och i det svaghet och styrka på samma gång, sökandet efter egenliv. Det som handlar om sökandet efter grund, förankring, växandet på egna villkor.

Han kommer genom åren att bli felaktigt vald flera gånger, och den gången han blir vald med viss överensstämmelse med den han innerst inne anser sig vara, blir han till slut lämnad för sin vildhets skull. De unga kvinnorna som väljer honom är ofta själva svårt sargade, har utvecklat få strategier att hantera sina böljande känslosfärer och han sjunker ofta ned i underkastelse, reducerar sig tvångsmässigt, får endast näring av törsten efter minsta bekräftelse, enda möjliga tillfredsställelse i sikte. Men också via solipsismen. En identitet han mer än en gång tar till för liv och mer livs skull.

Längre fram kommer han också förväxla vårdarroll med kärlek till en kvinna.

Introspektion: mer genomgripande när han kliver upp på intilliggande berg och ser ut över staden. Det är då han också ser sig själv, sprickbildningarna han omöjligt kan förbise – sprickor han projicerar till allmänt gods, sprickor han anser hör tiden till, fångat i ett personligt stigma, så ser han sig själv för sin inre syn hur han agerar och handlar, tänker och känner, därnere på markplan – men också synliggörs (markeras med rött) några av alla dessa pusselbitar han saknar, alternativt embryonala eller halvdana, vilka begränsar och ramar in (åter denna celltillvaro), och han lyckas under turen till berget foga samman ett flertal (abstraktioner) vilka han anser skapar nya förutsättningar att utvecklas genom, liksom se utöver vad som sker där nere i dalen och göra något åt saken! Den nya identitet han söker bygga och förankra. Han kallar det »jag« – jagets soliditet med blicken fokuserad vid den process han genomgår. Egenvald. Det måste han tro på! Får honom att jubla däruppe på höjden. Han känner sig alltid så stärkt efter en sådan tur, ibland landar han inte förrän dagen efter, eller tidigast på natten, då han kan vakna med ett ryck – med ett bultande hjärta och tryck över huvudet som en hjälm avsedd för krig och elände. Det enda som då hjälper är att han runkar som besatt, tänker på henne vågar han inte, väljer istället den bild han bär med sig från den tid hans sexualitet sköt fart: den rödhåriga tjejen i klass 5 med blåvitrutig klänning och vita bomullstrosor som skymtade fram då och då mellan hennes lingonben.

Ofta är han vaken om natten, kan visst somna, eller domna bort en timme eller två, men vaknar därefter alltsomofast med oroligt hjärta, kalla svettningar och svår yrsel, tvingar sig upprättstående, vankar av och an mellan kök, tambur och kombinerat sov- och vardagsrum. Om han tänker, är det mest i bild, grumliga minnen som stiger upp ur hans inre, minnen han kanhända glömt att han någonsin genomlidit tar tag i honom och brusar och bubblar och rör omtumlande runt i hans medvetande och ställer till oreda: rädsla, skräck, ångest och förtvivlan parat med smärtfylld lust av ohanterbart slag – vid sådana tillfällen kan han falla ihop på golvet, på sekunden rasa samman, skälva och kura – gny som en hundvalp – hur han därefter åter hamnar på sin madrass direkt lagd på golvet, minns han aldrig. Eller så står han länge i köksfönstret och ser ut över gården, trädkronornas rörelser, skuggorna från ett cykelställ på husfasaden raktöver, den svaga belysningen över en port, sällan ser han någon människa, men ofta en svart katt som stryker längs husväggen. Och där ljuset inte kommer åt, eller bleknar bort i all hast, liksom förvandlas till en härförare som äger landskapet på ett sätt människan glömt, aldrig behärskat, transformeras till den finslipade jägare han önskar varje katt kunde ges möjlighet till. Han hyser stor beundran för kattens egenexistens, känner djup samhörighet med krakens själ. Och till det är det inte lång väg till associationen: den civiliserade människans fångenskap. Fri vilja är egentligen inget han tror på, även om hans fortsatta existens, argumenten för att fortsätta stampa, handlar om egenliv – det vill säga, tron att han har en möjlig inverkan på vad som ska gälla – i det handlar det om liv eller död. Vad annars?

Kanhända är det kattens bildseende som är frihetens möjlighet? Han skriver en lång artikel, om katten och friheten, till stadens morgontidning, och blir citerad i långa stycken av en intresserad journalist.

Ofta längtar han tillbaka till naturen, till det lilla hus, beläget vid foten av det berg han tillbringade ett år. Som han har befarat, har en mängd finkänsliga och skygga kanaler inom honom slamrat igen och ersatts av grovhuggenhet som påverkar hans tankar, känslor, sättet han väljer väg, vad som går till uttryck – och i det ett krympande och därtill ett förtvinande av oroväckande slag. Likt en mussla som torkar på hällen i solen. Berget han beger sig till och kyrkogårdsvandringarna ger en viss öppning, men i det stora hela är han i sämre skick än han hoppats på.

Alla dessa sjuka värdereduceringar man trodde hörde det förgångna till, sådant som de etablerade tar till (för trygghets skull).

Och den sjuka stigmatisering han utsätts för när någon får nys om hans bakgrund. Det blir han aldrig av med.

I dylikt växer känslan efter berusning: en längtan efter att ge fan, vara svävande och bortom det som stadens vägnät erbjuder. När brutaliteten vaknar till liv inom honom vänds den alltid mot honom själv. Det skulle vara en spark mot en glasad entrédörr – i övrigt är han kontrollerad till överhet, oavsett berusningsgrad. (»Överhet«, en form av kylig distans: för den intresserade, hänvisas vidare till: Ett stöd i natten).

Anteckning: i drömmen stryker han med katten längs husväggen på gården, smyger bland buskar, grusvägar och större vildhet. Berget. Scenariot sker alltid i form av mörker. Det bor en tillhörighet i dess verklighetsanspråk. I vaknandet känner han tvingande lust till den sköra trådens bristning. Ett hopp ner i det svarta vattnet. Sådan är hans hjärtas stöt från sida till sida. Inte undra på att han i alla väder föredrar natten.

Man skulle kunna kalla honom för krigsveteran.

Han lever i huvudsak ensam, har inga vänner att tala om – en man, som är dubbelt så gammal som honom själv, som rest runt i världen och som nu läser filosofi, på samma kurs som honom, träffar han ibland. Man tar en promenad tillsammans, samtalar om filosofi och resmål, stannar för en kopp kaffe på något café, sitter tysta en stund och ser ut över staden – dylikt ger honom ro och förankring för ett ögonblick… Samhörighet – något ditåt.

Han har alltid varit ensam. Ända sedan liten grabb har han främst sökt sitt eget sällskap och under åren han umgicks i större eller mindre sammanslutningar, i gäng, var han samtidigt alltid ensam. Ensamheten utvecklades under åren på institution och drogerna förmedlade i huvudsak ensamhet. Långt från det han menar är ensamhetens kraftkälla.

Med andra ord: redan vid ingången till världen var han ensam. Hans föräldrar älskade honom och tog hand om honom på bästa sätt, men ändå, i sitt inre var han alltid ensam. Han lekte helst ensam, promenerade från tidiga år iväg för sig själv, ensam. Satt ensam vid dammen och fantiserade om såväl stort som smått. Spelade fotboll en timme eller två, vänsterytter var hans position, men gick alltid hem – ensam. Och vuxna skydde han – ensam. Kunde smyga ut på natten, ensam, bara gå omkring i allt mörker eller sitta på altanen, ensam, begrunda och fundera, lyssna inåt och utåt. Rymma iväg, ensam.

Ensam. Alltid ensam – även när han var med andra.

Ensamheten gör honom stark, gör honom svag, dominant (odräglig för sig själv och andra) undfallande, flyende, frånvarande men också närvarande. Det mest förhärskande draget hos honom är att han sällan varit på plats där han fysiskt befunnit sig, alltid levt parallellt i sitt inre på, vad han länge ansåg (hoppades), egna villkor. Glappet har yttrat sig i att han alltsomoftast önskat sig någon annanstans, sällan känt sig hemma eller tillfreds i det förhandenvarande, ofta genomskådat mönster och strukturer som mer avsett fängsla än öppna möjligheter för honom. Han har känt, sedan mycket unga år, att den värld han fötts in i, är en värld fylld av motsatsen till fri vilja – det handlar om utstakade spår, färdigsnitslade banor (breda som en autostrada), vägar var och en ska följa utan att opponera sig mot. En del handlar naturligtvis om generationsmotsättningar men för honom är det så mycket mer – det handlar om själva grunden till att känna lust för liv och bejakelse. Space här på jorden. Eget liv.

(Ett upprepande mantra, han till slut kommer att spy åt).

Under flera år fantiserar han sig till sömns varenda natt. Berättar historier för sig själv: han, som hjälte, den fria människan, alltid vinnande ur striden, även i fantasin som död, var han en vinnare. Sig själv intakt.

Enligt hans, med åren växande sätt att se på saken, är friheten egentligen i huvudsak en illusion. Han tänker: i huvudsak, och söker sig till havet, all vidsträckthet som skingrar det onda på studs. Men samtidigt är den möjliga friheten något man måste tro på, annars kan man lika gärna lägga ner, tänker han. (Även detta något han senare kommer att spy över). Och i det, kan han önska sig tillbaka till den tid då han verkligen var fri på ett oreflekterande, låt oss kalla de naivt sätt – kanhända det starkaste frihetsuttryck vi har att ta till och liksom får till skänks som barn, således: i stunder som barn, han tror: omöjligt att återfå. Möjligt i korta sekvenser vid havet.

Ung man söker förankring.

Att flanera på kyrkogårdar har alltid gett honom en särdeles stimulans. Nedanför det berg han gärna bestiger i syfte att finna perspektiv – således berget han gärna besöker för att rensa och sortera intryck och upplevelser, dithörande tankar, idéer och känslor, handlingar han utfört, eller haft för avsikt att utföra (en del halvfärdiga, andra aldrig påbörjade, varav några i samband enbart önskade), sådant han kan tråna efter utan att det blir annat än förlorat i slutändan, ett möjligt vibrato som trots allt ekar kvar så länge perspektivet kvarstår, kanske bevarat och befäst i en slags personlig men ack så avlägsen minnesbank, men också således lättare (eller kanske svårare) att i slutändan selektera vad som är av betydelse, vad som inte kan förträngas eller andas bort, det som bör hållas vid liv, kapslas in, tillåtas flyta fritt, växa, omformuleras, och det som, om inte annat bör drickas bort nere i dalen, eller som faller bort antingen av sig själv eller av tvång, tillkortakommanden, hans omognad, omgivningens makt etc. – just där finns det en stor kyrkogård dit han av och till promenerar i syfte att umgås med sig själv, tillsammans med dem som lämnat jordelivet: alla begravda som inte längre anses trampa runt på jorden. Hur han fascineras av alla dessa världar, där varje grav, varje begravd representerar, tänker han sig, en egen värld. Världar vilka upphört, världar vilka seglat eller färdats till det som kallas intet eller något. Han tänker: suckat sig bort i mörkret och minns morfaderns sista utandning, ansiktets skiftning från rödflammigt till vaxblekt. Rosslet. Och sedan borta. I detta kan han också tro att inget egentligt försvinner, att allt finns kvar, som en förseglad bok endast möjlig att öppna för den som kan se, för den som utvecklar sinnena bortom det ordinära, det vardagliga: där finns så mycket, man inte trodde livet om, för alltid måhända möjligt att skåda, kanhända uppleva på nytt eller åter – ett-vara-i som deltagare, och samtidigt som betraktare ställa sig utanför… Det finns så mycket, anser han, människan inte känner till, och kan i samma tanke ilskna till över alla dessa (positivister och materialister) som inte tror annat än vad som kan styrkas eller ses av var och en – av dem som sägs ha det sunda förnuftet intakt. Hur han i sådan känsla kan hylla vad som anses vantro. Mystikens upprättelse även om Gud förblir begraven. Gud tror han inte på. Där på kyrkogården kan han gå och läsa på gravstenarna, viska den inhuggnes namn, födelse- och dödsårtal och liksom känna en samhörighet av mänskligt slag. Scenariot är som att vandra på antika grav- och tempelplatser, en plats för ritual och dyrkan… en själslig gestaltning där det riktigt, enligt hans förmenande, vibrerar av yttersta närvaro och samhörighet. Röster från olika blad ur skilda epoker som talar sig samman eller ger utryck för sin individualitet. Egenart. Liknande han upplever då han promenerar i byn där han en gång växte upp: gatan, husen, gröningen, märgelgraven – ett vibrato som pockar på av barndomens upplevelser, känslor och tankar som materialiseras, fysiskt tunga och närvarande i ögonblicket, just så är det på kyrkogården. Röster som talar till honom. Han flanerar gravrad för gravrad, stannar och läser på gravstenar och tycker sig föra samtal med en del av de mindre skygga – alternativt sådana han får blick gentemot (alla dessa som vände om innan de hann bekanta sig med världen) – han förnimmer smärta och sorg men också glädje och lycka, ofta kärlek omkring sig, strålande från sten, jord och gravplats. En hel del tysta ord formas i dylikt på hans läppar. Varav en del är familjära, andra aldrig förr sagda av honom.

Känner sig liksom närvarande i alla liv och epoker.

Tillbaka till 1900-talets början var det många barn som inte gavs möjlighet att växa upp, som dog innan de ens hunnit börja leva. Och mycket riktigt, när han kommer till den äldre delen av kyrkogården, finns det vid varje grav ett eller flera barn som inte levt mer än något år – då blir han melankolisk och sorgsen över orättvisan och allt lidande dylikt förorsakar. Tänker: teodicéproblemet som så många formulerat och yvts över, aldrig löst annat än med grumlighet och fumlighet = ett barns lidande kan aldrig försvaras eller förklaras varken med arvsynd, allmänmänsklig skuld, individens möjlighet att välja, eller av en förste (om)rörares nödvändiga distans. Blir lika aggressiv över darwinismen som förklaringsmodell. Han tänker sig en motpol: skörhet som sätter styrkan i sitt rätta element. När han läser om någon som levt länge, kanske åttio eller nittio år, övergår känslan i vördnad och funderingar och reflektioner över vilket liv den gamle haft. Sådana tankar och stämningar kan han bära med sig en god stund efter att han kommit hem. Kan lägga sig på soffan, stirra upp i taket och drivas vidare till tankar kring det egna, vad som är bra, vad som kan förbättras – lite av bergets perspektiv som han uppskattar så mycket att vara i.

På kyrkogården känner han sig aldrig ensam!

Kyrkogårdsvandringen ger mer av funderingar över den egna innebörden, än kanske allt annat tillsammans han upplevt och tänkt. Liv och mening och meningslöshet och hur länge han ska fortsätta: Varför lever jag? Han tänker på forna vänner och bekanta, kompisar som dött av överdos, genom självmord, eller bilolycka, några av aids – eller hans mormor och morfar, eller Majken Möller, mjölkhandlerskan, eller Gösta Ståhl, sjömannen. Åren går. Kyrkogårdsvandringen består.

Han kokar råris och gröna linser. Läser sofisterna och Ekelöf. Tänder ljus och rökelse och mediterar utifrån mantrat hans far gett honom. Kan visst gå och samtala med alla vanligtvis osynliga som dyker upp. Alla döda han låter sin värld befolkas av. Ung man söker förankring.

TV har han inte – är det något han föraktar är det konformismen, betyder: alla gör samma sak, nedsjunkna i soffan och ser på samma TV-program, i vardagsrum efter vardagsrum – detta passiva, låt andra underhålla mig, hatar han – bättre då att stirra in i väggen och må skit. Supa sig full, om han har pengar. Att ha långtråkigt är inte fy skam. Skriva dikter om utanförskap. Fantisera om sådant han önskar eller hoppas. Han menar att TV: n tänker och upplever åt människan. Han vill tänka själv. Uppleva med alla sinnen den rikedom som trots allt står människan till buds.

*

På tisdagens föreläsning får han under pausen veta att hennes namn är … Alice.

Han sneglar hela tiden mot dörren, orolig men också längtande efter att hon ska dyka upp – och liksom ta över scenen.

Vad anser ni om Protagoras?

Är han ett skämt eller rent av jämbördig med Platon?

Han är större än Platon.

Större än Platon? Hur menar ni?

Protagoras har ett sätt att tänka som en ung modern hjärna kan ta till sig.

Och det är sålunda ett tecken på storhet?

Snarare ett tecken på närvaro.

Ung man söker förankring

Hur ser hon ut? Vad är det han ser när han framkallar henne för sitt inre? Är det främst en önskan, en dröm, eller måhända en konkret bild av hur hon faktiskt framstod för honom på konditoriet. Klänning, knäkort, bara armar, bara ben, huden bronsfärgad eller smaragdgrön, eller apacheröd, len för den som törs beröra, lädersandaletter, snäckor över vristen… omålade tånaglar – eller långa byxor, jeans, tvåfärgad tröja, lågskor, sjal om halsen… måhända svarta skinnkläder och svarta stövlar med hög klack – hon kunde se ut på alla sätt, lika vacker: utslaget blont självlockigt eller rakt hår, blå ögon, svarta täta ögonfransar, fylliga läppar – små händer (han älskar små händer på kvinnor, skräms av stora), vita tänder, skrattar ofta, smilgropar i kinderna, smal, kanske inte, jo, smal som han… han tänker på Flaubert: hennes axlars mjuka längtan, vadens sensuella båge, de estetiskt fulländade fingrarnas omslut om kaffekoppens öra. Välbehaget (rysningen) som följer. Han vet egentligen inte alls hur hon är klädd – lika vacker, lika vacker: själen, hjärtat, blicken, leendet – blodets framfart... allt lika vackert... så vackert! Hans drömmars mål, hans vildaste önskan, allt på en och samma gång. En höstens gudinna. Förmodligen en virad röd palestinasjal om sig.

Han klär av henne för sitt inre, sluter sina ögon och ser varje linje... han klär inte av henne, det vågar han inte, har inte minsta tanke därpå, är som förstenad med hastig puls så fort hans tankar drar åt hennes håll – det är hennes hands rörelse när hon halar upp sitt cigarettpaket, för ciggen till munnen, särar på läpparna, och tändaren som klickar – han som genast är där och tänder åt henne... hennes leende, större än allt annat han kan komma på... hur hon kliar sig på näsan och för bort en hårslinga som fallit ned över ena ögat.

Plötsligt stod hon framför honom.
»Har du varit på dagens föreläsning?« frågar hon och ler.
Han svarar ja utan att först veta vad han svarar ja på – längre fram (en tidsrymd svår att bedöma) svarar han att han är sprängfylld av föreläsarens tankar och idéer invävda i en så fängslande beskrivning över den antika grekiska filosofin att det var som om tiden stod stilla. Hur det liksom surrar och skälver inom honom av begrepp och mening, idéer och tankar, filosofiskt gods som söker fäste, förankring, kopplingar – axel mot axel (och det kan snärta till, framkalla smärta för den som är benig) – överfört till det som gör honom till den han avser bygga vidare på, det är nästan, säger han, och ler aningen skevt, som om det är

en process som är självgående, ostyrbar – styrt och riktat
från ett utskott han inte riktigt känner igen, eller lyckats
identifiera men som ger honom tillfredställelse, känslar av
äventyr – ett härligt gungfly. Överväldighet.

Hur föreläsaren liksom planterat guld i hans hjärta.

Hon svarar att föreläsaren verkligen har förmåga att entusiasmera.

Förra året satt hon med samma överväldigande häpnad.

Han svarar att föreläsaren fullkomligt hypnotiserar sina
åhörare, sprutar av idéer och kunskap…

Hon skrattar, han skrattar, och båda känner en gemenskap där de går tillsammans sida vid sida paradgatan ner,
förbi bältesspännarparken… kungsportplatsen…

Det finns plötsligt ingen stad längre, varken hus, människor,
träd, bilar eller spårvagnar… det är bara hon och han, ensamma i en värld som bara är deras – deras och ingen annans!

Eller kanske bara hans.

Han går in i ett tranceliknande tillstånd, är betydligt ordrikare än annars, meningarna kommer i en jämn ström
och är till hans häpnad fyllda av insikter och effektfulla
anekdoter. Hon säger att hon tycker han är en ordkonstnär
av imponerande slag, vilket spär på hans exploderande förmåga och eldar på honom i ett allt mer storslaget tempo –
det är helt enkelt omöjligt att säga något fel i stunden, alla
ord faller på sin plats, får sitt djup, sina välavvägda uttryck,
relationer, sammanhang, perspektiv, klanger, språket liksom vidgas, ger annars outtalade kanaler mellan honom
och henne fäste och förankring och kommunikation på
ett särdeles friktionsfritt och härligt sätt. Han tänker att

det är första gången han upplever sig vara nere i staden uttryckande sig som om han vore uppe på berget.

Hennes namn är Alice och hon är blåögd och finlemmad.

När hon rör vid hans hand är han nära att svimma. Han vill helst fly, han vill helst stanna kvar – det smärtar, är plågsamt, gör ont, så intimt, så nära att han inte har en aning vart han ska ta vägen. Han vill helst fly, han vill helst stanna kvar, alla dessa känslor som får honom att gå i kras men också bli märkligt hel och bejakande. Hon följer honom hem.

Han vidrör hennes kind, för handen genom hennes hår, handen under hennes jumper, bak ryggen, följer ryggradens hela längd, varje kota. Han hukar för alla känslorna, kryper ihop tätt intill henne, hans huvud i hennes knä, hans huvud intill hennes hjärta, kan höra hennes hjärtslag, som brusande vågor mot en strand och sedan när deras läppar möts, ett hav i uppror, eller kanske tvärtom, stiltje så det förslår – och det på ett sådant sätt att det får dem att vilja mera. Absolut han. Hon tar honom hårt och resolut. Somnar sedan med ens.

I gryningen ser han henne barfota i novemberdiset. Från sin madrassplats ser han hur hon rör sig fjäderlätt över golvplankorna, lämnar fuktiga skissade fotavtryck efter sig, liksom stiger likt hedens dimslöjor genom rummet. Utanför fönstret vajar trådiga grenverk som telefontrådar, ångestfyllda och klagande i sitt susande fram och åter genom en grå atmosfär, han förnimmer liksom allt, och domnar bort en sekund, kanske två, i taket spricker putsen

i spindelnätslika mönster. Han hör hur hon stökar i köket
och i det finns ingen hemtrevnad, bara främlingskap och
känslan att fly ut genom dörren, och när hon återvänder,
är hennes hy likblek och hennes läppar breder ut sig som
den som vill honom ont, han kan inte förstå vad hon har
här att göra, inträglingen som kan döda med blicken, som
sväljer honom med hull och hår, som tar för givet att allt
personligt anspråk finns på rätt sida om lag och moral.
Man kan tänka sig en upptäckare från avlägsna tider som,
om inte avser erövra vad som utforskas, anser sig ha full
rätt att ta sig vidare och kartlägga, även om människor dör
som flugor i spåren av de steg som följer. Helt enkelt olika
immunförsvar. Och då tänker han sig inte endast i fysiskt
hänseende.

När hon ställer ner brickan med kaffe och ostsmörgåsar
framför honom med en smäll anar han att hon tänker för-
gifta honom – men äter ändå och låtsas som ingenting, han
kunde dö för mindre.

Efter frukosten lägger hon sig sidan om honom, stryker
honom över ena kinden, längs med håret, säger att hon
förstår vad han går igenom, att hon finns vid hans sida, att
han ska känna tillit till henne, att hon tycker så ofantligt
mycket om honom och då inte enbart hans styrka utan lika
mycket den andra sidan av hans skörhet, hans vilsenhet,
svagheten – att det är de båda sidorna av honom som gör
honom komplett och så väl passar henne – sådan hon är till
person och själ – innerst inne. Först framåt lunchtid vänder
han sig om och söker hennes närhet.

När hon lämnar honom tänker han hur Protagoras vände bort sin blick från det objektiva och gav människan större plats i världsalltet. Han känner en stark samhörighet med sofisten, att dylik åsikt också genererar tron på möjligheten att det finns en plats för honom på jorden.

Känslan att hon är kvar i hans lägenhet får honom samtidigt att tveka över om det är hela bilden.

*

När han dagen efter stiger in på filosofen är han övertygad om att de egendomliga krafter hos henne som avslöjats för honom utan att han begriper vad de egentligen handlar om (hur de liksom tenderade attack där han låg paralyserad på sin madrass och bedövades av hennes ångande fotsteg) får honom att dra slutsatsen att hon är falsk som satan. Han har beslutat sig för att inte bry sig om henne, ignorera henne om han får se henne (vilket han samtidigt är övertygad om att han inte får: hon är säkert inte ens där), han är på filosofen enkom för föreläsningens skull och när den är klar går han hem och läser, skiter fullständigt i henne, han kunde till och med tänka sig att sluta på filosofen och lämna staden.

Den första han möter är Alice. Hon går fram till honom leende och kramar om honom, viskar: tack för igår – och liksom kuttrar som den märkligaste duva i hans famn. Hon undrar om de kan träffas samma ikväll, hemma hos henne, sticker till honom en papperslapp med adress och vägbeskrivning, vilken spårvagn han ska ta – han bara nickar och ler och nickar och ler och ser hur hon slinker ut genom ytterdörren till filosofen och är borta.

Han hade sett henne ensam promenerande på andra sidan gatan, han hade inte vågat gå över gatan, gå fram till henne, uppmärksamma henne på sin existens, men följt efter henne hade han gjort. Så fort han fått syn på henne, hade han stannat av och sneglat på henne, sett hur hon gick där på trottoaren med energiskt beslutsamma steg – målinriktad, som om hon var på väg till ett viktigt möte: ansiktet fokuserat, blicken spikrak. Han hade följt efter henne på avstånd, på bekvämt avstånd, observerat henne från andra sidan gatan, sett hur hon slank in på ett café, beläget i ett hus med nationalromantisk karaktär, han hade stannat utanför, halvt dold i en port, från andra sidan gatan hade han skönjt hur hon efter en kort stund med en mugg kaffe i sin hand satt sig vid fönstret ut mot gatan. Hon såg inte ut, stirrade ned i koppen hon hade framför sig, han såg eller snarare anade hur hon rörde med skeden längre än vad som var nödvändigt, tankfull, avlägsnad till själen, liksom på drift i Vintergatans mörker. Han hade stått där länge, sett hur hon läppjade på sitt kaffe, ibland oroligt kastat en blick ut mot gatan, som hon väntade på någon, men mest hade hon suttit och stirrat ned i koppen, frånvarande och blek. Han hade fått för sig att det handlade om en hägring, en materialiserad önskan, en hallucination, hon var liksom transparant där hon satt, och han var som fastväxt, katatonisk, omöjligt för honom att röra sig och söka närma sig henne, även hans intellekt, tankarna och känslorna avstannade. Inte förrän hon rest sig upp för att gå, släppte katatonin och han gick skyndsamt därifrån. Med all denna jävliga storm inombords. Detta fick räcka. Han klarade inte mer. Det hade handlat om att fortsätta leva eller dö på platsen, där halvskymd i porten, stupa på sin post som ingen förstod anledningen till – förutom hon då, som i dylikt scenario med säkerhet insett att han stått och spanat på henne, mer som en galning än som en far. Senare tänkte han att det inte handlade om att välja livet, ty något liv hade han inte, och det berodde inte främst på att han inte längre hade kontakt med henne – kontakten fanns ändå på ett själsligt plan, sa han sig i stunden, det gick inte att undkomma eller fly från, om han nu ville det – det ville han inte! – nej, det handlade om att han gjort sitt, fanns inga fler val att göra, han levde i ett hav av möjligheter som inte blivit annat än just ett hav av omöjligheter. Som en dröm – snarare mardröm.

*

Ung man söker förankring. Slinker in i en upplyst port där Alice bor. På andra sidan gatan står en man i övre medelåldern och stirrar på honom med jagad blick. Trots att han upplever scenariot som obehagligt, genomfars han av en empatisk känsla han sällan får inför anblicken av en sådan varelse, och när han går in i hissen, trycker på våning 5, där Alice bor, tänker han, att han hoppas att det kommer att reda upp sig för mannen med den jagade blicken, att han inte kan ha det så lätt etc.

*

Det har gått två veckor sedan hon bjöd in honom. Två veckor har det tagit för honom att våga besöka henne. Två

230

veckor har han varit uppfylld av hennes inbjudan, men inte vågat ta steget, varför, kan han inte förklara. Han har vid ett flertal tillfällen stått utanför hennes hus, ett sexvåningshus från 1900-talets början, blickat upp mot vad han tror är hennes lägenhet, stått där i timmar paralyserad och obeslutsam – alltid vänt: med omväxlande tunga och lättsamma steg slunkit hem i skydd av mörkret. Lagt sig på madrassen på golvet och svimmat bort.

Han har inte varit på filosofen under denna tid, medvetet hoppat över föreläsningar och istället av tvång vistats hemma och skrivit på sin hemtentamen om existentialismen. Han har valt att skriva om Kierkegaard, Sartre och Camus. Och vid varje anteckning drabbats av ångest över att han inte tror på friheten annat än som ett livselixir hjärnan tar till för att inte hamna i, vad han uttrycker under denna epok, härdsmälta. Och i det främst känt släktskap med Camus, varför, kan han inte reda ut (då han vid denna tid alls inte greppar känslan med förnuftet utan med hjärtat). I efterhand menar han att det handlat om spänningsfältet mellan friheten som tvingande nödvändighet och meningslösheten som obönhörlig inträngling. Ett tudelat grundförhållande som under hans uppväxt i huvudsak tippade över för frihetens favör, och senare, tvärtom, meningslöshetens motbjudande stränghet, och, när man väl hamnat där, ett avslut utan återvändo som enda verklighet.

Måhända med en viss åtrå i blickfånget.

Han känner Camus som det vore hans bror.

Han tror han känner Camus som vore det hans bror.

Ung man söker förankring.

Alice öppnar men ler inte. Han besvarar hennes stumma ansikte med en enkel nick. Tar av sig jackan och skorna, går förbi henne, och genomsöker hennes lägenhet som han vore en spårhund, letar efter tecken från någon annan (det är som att han känner på sig (alternativt: bestämmer sig för) att det finns någon annan), sveper med blicken i varje hörn, vrå och öppen yta. Sniffar sig fram över varje kvadratcentimeter. Längs med golv, väggar, tak. Ylar i sitt inre över varje misstanke. Han är förvånad över lägenhetens storlek, över att den är så inbodd, det är som att han besöker en äldre kvinna som levt i samma våning år ut och år in, som genomlevt såväl besök från långväga friare, ett och annat tillfälligt kärleksuttryck, skilsmässor och kanhända ond bråd död. Han är förvånad över lägenhetens hemkänsla. Hon svarar att hon förstår hans förvåning, att det går att läsa honom som en öppen bok, att när han väl stiger in i lägenheten, synliggörs hans hemlösa solistnatur, att det är först nu hon kan se deras olikheter, att han tydliggörs bland hennes saker!

Att han bär på en sådan ofantlig vilsenhet hon inte vet hur hon ska hantera, moderlig vill ingen av dem att hon ska vara och älskarinna… klarar han det? att vara en i mängden, eller i vart fall inte den enda för henne. Hon säger att hon bott i lägenheten under fem år, att hon handlat på sig saker och ting för att fylla lägenheten med ombonad och hemmets trivsel i åtanke, att hon har svårt med tomma ytor, att sådant gör henne vilsen och ångestfylld, att sådant påminner henne om när hennes bror körde ihjäl sig på sin nyinköpta Kawasaki. Hon säger att hon är medveten om sin svaghet men att hon inte kan annat än att bejaka, att hon egentligen söker en man som är trygg och vet vad han vill, att hon ofta hamnar i tvärtom, hos unga otrygga vilsna sökande män och ser samtidigt på honom på ett sätt att han förstår att det är honom hon menar. Han blir alldeles stum över vad hon säger, sjunker ned i närmsta fåtölj och sveper med blicken över rummet: skinnsoffan, skinnfåtöljerna, soffbordet, väggarna klädda med bokhyllor, fulla med koloristiska böcker och tidningar och tidskrifter och pärmar – mängder av tavlor, reproduktioner av Zorn, Degas, Munch, Picasso, tätt sammanpressade, ambition, som hon säger: fylla alla tomrum. Han tänker: stänga ute dem som är som honom. Hon kommer in med ett glas vin till honom som han sveper med ens, hon hämtar flaskan och han sitter som förstenad, säger inget på en lång stund, tänker samtidigt att det finns något ytterst lockande med tomrummen, att han är starkare i det än hon. Alice häller upp ett nytt glas vin åt honom, sätter sig i andra fåtöljen och sitter i samma tigande som honom, han vågar knappt andas. Inte förrän hon lyfter glaset och nickar mot honom släpper hans katatoni och han böjer sig fram, griper tag i glaset och sveper glupskt innehållet, griper därefter flaskan och fyller glaset på nytt… rullar sig en Samson och tänder ciggen.

Han känner sig chockad, så ofantligt ledsen, sorgsen och omrörd och tvingas kvar av allt det starka i sin tunghäfta. Långsamt går det upp för honom att han totalt har misstagit sig på henne, att hon är en annan än han trott, eller i vart fall önskat, även om han samtidigt anat… (en känsla som i ögonblicket huvudsakligen skvalpar omkring utanför hans medvetande) – en själ han omöjligt kan vara med, han känner sig så ofantligt malplacerad, utanför och vilsen, värre än han någonsin upplevt. Han tänker att det just är kontrasten, det tvära kastet mellan känslan av närhet, inbillad samhörighet och lockelse han känt med och för henne, också då det nattsvarta, att det inte alls är som han tänkt och hoppats – och i stunden går det upp för honom att det är just så det är: hur kunde han vara så dum att han trodde att det via henne fanns en glipa till något utöver där han hittills befunnit sig? Skräcken och synerna som kom för honom när hon var hos honom, borde ha fått honom att inse.

Han visste ju att det var omöjligt. Att hans demoner också kunde ha något viktigt att berätta.

Att det gått två veckor sedan inbjudan – kvällen han borde varit hos henne, är det ingen av dem som berör.

När han lämnar Alice står den hemlöse mannen kvar i porten och stirrar på honom med sin vilsna blick. Och i det finns en igenkänning han inte begriper vidden av.

Alice hade sagt att hon var färdig med filosofen. När hon skrivit klart sin hemtentamen, lämnat in och fått godkänt, hade hon gjort sitt inom filosofin. Han hade mumlat att han inte förstod hur man kan göra sitt inom filosofin. Hon svarade att för henne var hon och filosofin integrerad vad som behövdes – att det var dags att gå vidare, fanns inget mer att ta reda på. (Här rodnade hon). Han svarade att det inte är möjligt att gå vidare. Hon svarade att det var just det som är problemet mellan honom och henne.

Det är natt – hem går han inte. Tar visst spårvagnen till stadsdelen där han bor men viker av ned mot gröningen, korsar den vidsträckta gräsmattan, går hastigt mot berget, som han omedelbart bestiger. På håll ser det måhända ut som om han vore jagad – trots natten, skuggor, vindsus, lövens prassel och dunkla vyer, går han med fasta steg där på berget, söker sig fram till utkiksplatsen och blickar ned över staden, svärtan, skuggorna, gat- och neonljusen, strålkastarna från spridda bilar. Alla dessa gatljus som liksom går sig samman som radband (i stunden kan han tänka: som ledband). Strukturer som söker hålla ångesten stången. Han sätter sig ned, känner inte kylan eller fukten från stenhällen, sjunker in och betraktar stadens nattliga ljus, den mörka älven, kyrkogården, och där bortom, långt utanför staden, konturerna av de skogsbeklädda bergen. Långsamt finner han tillbaka till den ensamhets väg han gjort till sin.

Och i samma stund är det som han inte längre finns till.

3

Upprepningen

Det var när han besökte samma café där han träffade Alice, ett ovisst antal år senare, som en likartad upplevelse plötsligt utspelade sig för honom. Det var så mycket som stämde överens, årstiden, de virvlande löven, rusket, kajan på papperskorgens kant, höstens människor som skyndade förbi på trottoaren med kapuschongerna uppdragna... en ensam expedit bakom den glasförsedda disken, och alla dessa kulörta bakelser, småkakor i ovanliga former, kaffet som puttrade, läsandet, och så plötsligt två unga tjejer som slog sig ner med varsin kopp kaffe, ljushåriga... den ena som liknade Alice...

Han hade svårt för att hantera situationen. Kunde inte alls koncentrera sig på texten han hade framför sig. Och tjejen i jeans, hon som påminde om Alice, den unga kvinnan med rakt ljust hår, blå ögon, livligt språkandes med väninnan, hur hon ryckte till när hon för ett ögonblick såg bort där han satt, som om det fanns en igenkänning även från hennes sida.

Som om vi mötts innan...

Han såg bort, läste kanske någon rad ur texten.

Och sedan var de försvunna.

Han hade alltså sett bort för någon sekund, eller kanske läst en halv sida… och sedan, när han åter såg upp, hade de unga kvinnorna obemärkt försvunnit från caféet – obemärkt tagit sig förbi platsen där han satt, gått ut genom ytterdörren, slukats av folkvimlet, och där: hösten, rusket, kajan som flög iväg… återspeglingen av interiören i väggspegeln, ballerinan, stelnad i sin posé, en gång en dansande figurin.

I detta scenario stod han snart på trottoaren, såg sig vilset omkring, kastade en blick upp mot Poseidon, vände på klacken och promenerade längs med paradgatan neråt spårvagnshållplatsen, förbi restaurangerna, caféerna, huset där filosofen en gång legat, lät jackan vara öppen, till synes oberörd av snålblåsten, höstrusket, grubblandes över hur kusligt händelser kunde upprepa sig på ett så oförklarligt sätt, att det var lätt att tappa hakan. Omedvetet, eller på det här stadiet kanske halvt medvetet, gick han i rask takt ner till samma spårvagnshållplats Alice stått och väntat för ett oändligt antal år sedan.

Men när han kom fram till hållplatsen, kunde han, hur han än sökte med blicken inte se den unga kvinnan, eller hennes väninna – hon var som uppslukad av staden, och en stund senare när han var på väg hem till sig, tänkte han att händelsen aldrig ägt rum, annat än som en förväxling, eller en hallucination, kanske befann han sig i en dröm. Omöjligt att riktigt veta.

Omedelbart därefter kände han sig sjuk, illamående. Frusen.

Han promenerade ytterligare ett par hundra meter, stannade framför en krog med ett engelskt klingande namn, beslöt sig för att gå in, ignorera illamåendet – beställde en flaska Newcastle Brown Ale medan han lät blicken svepa över folkhavet. Trots att det var eftermiddag, besöktes krogen av många gäster. Detta förvånade honom. Han gled med blicken över lokalen, tog sikte på en ledig fönsterplats, gick dit, krängde av sig jackan och slog sig ned. Förstrött såg han bort mot bardisken, följde bartendern med blicken, såg hur han gled obehindrat fram och tillbaka längs med bardisken i ett intensivt men ändå kontrollerat tempo. Allt bartendern grep efter: öl, vin, eller när han blandade drinkar låg i huvudsak inom en armlängds avstånd från bardisken. Bartendern arbetade med vana och säkra rörelser, ofta utan att ens se efter vad han gjorde, han kunde ha varit blind, så säker var bartendern i sitt rörelsemönster. Visste exakt var allting fanns. På håll såg det ut som om bartendern var en man utan ben, och så kunde det ha varit: stjärten placerad på en brits, britsen på hjul längs en skena som följde bardiskens innersida, mer behövdes inte. Män vid bardisken som enbart rörde armen och handen som greppade glaset upp mot munnen och så glaset ned på barens disk igen – resten av deras kroppar i skugga, underkroppar som smälte in med den mörka interiören. En möjlig scen efter första världskrigets slut. De kulörta lamporna speglande sig i klingande glaskupor och flaskor, och i spegeln längs med bardisken förstärktes de monotona rörelserna, färglade dem i ett stereotypiskt rörelsemönster. Han log och tänkte på löpande bandets högvarv – taylorismen som avvikit från sin industriella disciplin och uppstått i hedonism. Han tog en rejäl klunk av ölen och svepte med blicken över folkhavet. På väggen, ovanför ingången, en klocka som visade halv nio på kvällen… två män som satt vid bordet intill honom: han kunde se den enes armbandsklocka, som visade samma tid: 20:30 – halv nio på kvällen! hur kunde det vara möjligt? Han som knappt druckit upp sin första öl. Han konstaterade att det måste vara en fyra-fem timmar sedan han lämnade caféet, och nu, klockan på väg mot 21, inte konstigt att det var så mycket folk på krogen, men var hade då alla dessa timmar tagit vägen? Det inte bara förbryllade honom utan fick honom att känna sig overklig, en smula uppjagad, olustig och sorgsen. Detta liv, tänkte han, som försvinner innan man hunnit blinka, som suddar ut dagar, veckor, år, tid som glider en ur händerna likt finkornig sand mellan fingrarna.

Han hade varit med om känslan förr, flera gånger, men det var ett tag sedan och han hade nog trott att i vart fall den affektiva delen var över, så dumt att tänka så, den tiden är självklart aldrig över, tänkte han, för oss alla är det svårt att veta vad som sker, vi försöker skapa strukturer, som förmedlar igenkänning, trygghet, så att vi kan säga oss att vi har koll på läget, att vi och världen är åt det intakta hållet, men så räcker det med minsta avvikelse, en passage som är smalare än vad vi vanligtvis lever i… en övergång, sa han sig och log vemodigt, från ett årtionde till ett annat, så hamnar vi i en tidsförskjutning, en kanske mörk tid utan synligt eller gripbart innehåll, mellan då och nu. I förlängningen är man plötsligt gammal och trött, tar snart sitt sista andetag, medan världen omkring fortgår… till vilket syfte, vet ingen.
    Inte underligt med en smula affektion i blodet.

Resonemanget lugnade inte. Tvärtom, stegrades affektionen, han blev rastlös, tankarna surrade som ilskna getingar. Han svepte sista klunken av ölen, reste sig från sin plats, slog knäet i bordet, krängde på sig jackan, knuffade sig fram genom barens trängsel, och stegade ut i kvällen. Vad hade han här att göra?

Utanför puben är det vår i luften, folk går tämligen lättklädda, i sakta, avslappnat mak, många par håller om varandra, krokus och penséer i rabatterna, undersköna gula och vita liljor i stora träkrukor längs med trottoarerna, från hustaken sjunger koltrastarna, det sägs för strupens skull, samma kvitter varje år, alltid lika välkommet. Han tar av sig jackan, slänger den nonchalant över axeln och beslutar sig för att promenera hem i det vackra, ljumna vårvädret.

Inte en vindpust han kände.

Märkligt nog förbryllade denna betydligt mer omfattande tidsförskjutning honom inte alls. Det var som om det lilla varit en tillräcklig förberedelse för det stora. Inte en tanke däråt förespeglades honom. Istället njöt han i fulla drag. Kände att det var så här en religiös känsla skulle vara – eller snarare hedonistisk, i dess själsliga form, framför plikt och tilltagande ångest och främlingskap. Han, ofrånkomligen ackompanjerad av alla blinkande mobiler, liksom bilder av bilder, som leder, vart? kan man undra – typiskt vår i bakgrunden. Kroppens sätt att känna i förgrunden.

Borttynandet. Ytterst periferiskt.

Han njuter således för fulla muggar där han promenerar fram, insuper vårkvällen med jackan lojt slängd över axeln, och när han väl kommer hem och stänger dörren om sig är det med en känsla av härlig livsbejakelse: nu är det hans tur att ha det bra.

Hans mobil är som vanligt kvarglömd bland all bråte i en garderob.

I flera dagar går han kring i detta rus. Tar långa promenader och upplever en styrka han sällan tycker sig ha känt. Allting kändes så rätt. Han kunde gå in och ut ur stämningar och hågkomster och epoker i sitt liv utan minsta darr på rösten eller skygghet i rörelserna, promenerade på kyrkogårdar, upp på det berg han så många gånger besökt i sin ungdom, stod utanför flera lägenheter han bott i, filosofen som i hans ungdom höll till på paradgatan, ett stenkast eller två från Poseidon, från de viskande sofisterna, som under ett ovisst antal år upprätthållit subjektet för honom. Han var vid havet, åkte båt, gick på stadens konstmuseum och såg den permanenta utställningen, Arosenius, med sina känselspröt till penseldrag. Vart han än gick, vad han är företog sig, kände han sig hel, och det gav honom en märklig känsla av godsinnad överhet.

Det var som att han såg sig själv: såsom den människa han är, alla bitar inom honom som gör honom till just den individ som han ständigt fördjupas till, den processlina han balanserat på, fortfarande balanserar på och så länge han lever kommer att balansera på.

Det var så mycket kraft och energi, så mycket njutning men också så mycket betraktande och känsla av helhet under dessa dagar – han tog sig fram som i ett ständigt rus av klartänkthet.

Allt föll på plats och han kände sig hemma i sig själv och därigenom på varje gata han gick.

Han hade lyckats slinka in i en trappuppgång i ett landshövdingshus där han bodde ett par år då han läste filosofi. Samma lägenhet Alice en natt besökt. Sett människor framför sig från den tiden. Haschrökaren och Gösta Ståhl, sjömannen. Han mindes episoder han inte rört sig i under lång tid, förstod saker och ting som då gjort honom förbryllad. Han hade åter funderat över det diskursiva tänkandet, begreppet kvalité, ett möjligt samspel mellan känsla och förnuft. Tänkt på *Zen och konsten att sköta en motorcykel*, en fantastisk bok som varit hans bibel under ett par år, som inte bara introducerat honom i filosofins värld, utan gett honom förankring på ett sätt som höll allt annat stången. Dagarna flöt på i ett avslappnat tempo, samtidigt som det hände så mycket inom honom att han om kvällen alltid var så exalterad över allt som dagen givit honom.

Dagar blev till veckor, veckor blev till en månad, utan att hans grundstämning bröts. Han sov till och med gott om natten.

Var liksom en man bland andra.

Så en dag. Våren var långt gången, juni stod för dörren.

Sommaren – han hade egentligen inte alls tänkt på henne.

Så mötte han henne igen. Som i en dröm, en hallucination, en universums bjudning kom hon en solig dag fram till den parkbänk han satt vid, ja, just en solig försommardag stod hon plötsligt framför honom och det med ett sådant verklighetsanspråk han omöjligt kunde ifrågasätta. Han satt och kisade mot solen, hade än en gång beslutat sig för att ta dagen i anspråk, tillåta sig hängivelse åt det som i vardagstal av gemene man omtalas som njutning och väl- behag i dagsljus – släppte åter ett ögonblick på garden, un- gefär som att lossa på slipsen, knäppa upp skjortans översta knapp och sträcka ut sin lekamen som en påfågelhane sin fjäderskrud. Han steg tidigt upp, åt sin grötfrukost och lämnade lägenheten strax därefter. Undvek hyresvärden, gubben som kom farande i sin kolossala stadsjeep, säkert för att besöka honom och kräva den hyra han, trots att man nått den tjugonionde i månad fem, inte betalat. Han hade helt enkelt inte tillräckligt med pengar i dagsläget. Låg efter med hyran, en, två, kanske tre månader. Han promenerade en stund på stadens paradgata och slog sig obehindrat ned bland en mängd andra som satt och njöt av den intensiva försommarsolen på parkbänkarna vid Bältesspännarparken.

Hon tilltalade honom med ett stort du och slog sig ned sidan om honom.

»Du påminner om någon«, sa hon och log. Han kisade mot henne. »Kanske«, fortsatte hon, « är det inte frågan om ett personligt minne, utan om en likhet från TV eller nätet«.
»Möjligt från ett annat liv« svarade han.
Hon skrattade till.
»Egentligen tror jag inte på något av det där«, tillade han, »varken minnen eller TV, eller framtiden, för den delen.«
Det plingade från hennes mobil, hon tog upp den och tittade på den.
»Absolut inte på den där«, sa han.
»Nej, den kan vara besvärlig« sa hon. »Å andra sidan handlar det väl om att styra…«
»Vi sågs i höstas på caféet uppe vid statyn. Jag minns det tydligt, det fanns ett slags igenkännande där som jag egentligen inte vet vad det betydde.«
»Så är det«, svarade hon. »Det var en märklig känsla även för mig. En känsla med ett liksom dolt innehåll jag grubblade på ett tag därefter, men sedan glömde bort.«
»Det finns hur många förklaringsmodeller som helst man kan fundera över«, sa han och vände sig mot henne; »men sådant är meningslöst, det bästa, om vi nu verkligen vill

finna ett svar som vi båda kan leva med, är att vi hänger med varandra, och ser vad som händer.«

Hon tittade bort, svarade honom inte, han trodde att hon kanske kände sig obekväm. I detta skede tänkte han inte alls på åldersskillnaden, det kom senare. Och det var typiskt honom, han kände sällan av en specifik ålder, inte nu längre i alla fall, han var på ett avgörande sätt tidlös, det var väl mest när han såg genom sammanhang som gjorde honom både distanserad, och ja, som han levt i alltför länge för att det skulle kännas hälsosamt, som han påmindes om tidens flykt.

»Vill du ha en glass?« undrade han och log mot henne.

Hon tittade på honom, log tillbaka, svarade ja, och tillsammans gick de bort till glasskiosken.

Egentligen var han numera osäker över sin biologiska ålder, det var längesedan han firat sin födelsedag, han kände inte heller någon längre som visste när han fyllde år.

De promenerade paradgatan fram. En kaja slog sig ned på en papperskorg strax framför dem, han tänkte det kunde vara samma kaja som på Alice tid, och log för sig själv.

Hon och han gick förbi och kajan lyfte, flög iväg.

Han sa: kajan är fascinerande, ja, alla fåglar, liksom tidlösa, uppslukande av det som är.

Jag tror det är en illusion, sa hon, och en underskattning.

Vissa saker som boets läge, ungarna däri etc.

Ett sådant minne utesluter inte nuets blick, sa han.

Vad tänker du om din egen ålder, sa hon.

Det är mer själsliga stämningar, kroppen är underordnad.

Du ser mer ut åt det lidande hållet, sa hon.

Inte heller ångesten följer åldern, möjligt intensivare när

man är ung, som medelålders tillkommer desillusionen, svarade han.

De promenerade fram till Poseidon, Vi sätter oss, sa han.

Här har jag suttit många ensamma nätter, fortsatte han, fått vision av grekiska skulptörer som arbetar med marmorn och hugger fram de mest undersköna atleter, och filosofer som viskar sinsemellan, främst sofisterna, som jag höll högt för deras fokus på individen.

Hon sa: iakttagelsen föregår idén.

Han sa: strukturerna styr lite väl mycket – det är en vacker bild, bilden av subjektet som primus motor, som det är viktigt att ha med sig för överlevnads skull.

Han höjde sitt ansikte och mötte Poseidons blick. Tänkte att det var just tomheten i havsgudens blick som tilltalade honom.

*

I gryningen vaknade jag i min säng. Ensam. Ensamheten gjorde mig för en gångs skull förvånad. Varför kunde jag inte reda ut. En intensiv dröm materialiserades framför mig, (eller snarare vibrerade likt en hägring) liksom sökte locka mig tillbaka. Drömmen berättade om Alice, men också om någon som var mycket yngre. Två bilder som gled samman, omöjliga att särskilja. Det enda tecknet på gårdagen var att min mobil stod på laddning och sidan om en lapp med ett namn och ett mobilnummer nedklottrat. Jag fick ta på mig läsglasögonen för att urskilja namnet Mira och i samma ögonblick som jag läste namnet vaknade minnet till liv och jag såg en ung kvinna, kanske 25 år framför mig, som, insåg jag, antingen liknade Alice eller som jag via drömmen blandade samman – detta kunde jag inte reda ut i stunden.

Vad som hände var emellertid att Mira höll sig i periferin och Alice, som jag faktiskt inte tänkt på … ja, på åratal, tog över, och lade beslag på mitt medvetande. Vart hon tagit vägen hade jag ingen aning om. Kanske hade hennes dröm om stabilitet gått i uppfyllelse – man, barn, karriär, det hoppades jag. Jag hade aldrig kunnat ge henne dylikt… varken då, senare eller nu.

Så plötsligt ringde telefonen. Det tog en stund innan jag insåg att det faktiskt var min telefon som ringde. Och när jag väl svarade, sa rösten i andra änden, att hon just varit på väg att lägga på. Där hade du tur, sa hon, och skrattade rått.

Det var Mira.

*

De möttes åter på caféet. Hon var redan där. Hade beställt kaffe åt sig. Satt och rörde i koppen och såg upp på honom och log när han sa hej. Han minns att han tyckte hon såg levande ut på ett sätt som gjorde honom förvirrad och osäker.

All denna ungdom han hade så svårt för att hantera.

Han beställde – cappucino. Slog sig ner framför henne. De såg kort på varandra och han svepte strax med blicken över lokalen.

Sedan satt de tysta.

»Jag har varit här innan vi sågs«, sa han efter en stund, »men det var ett bra tag sedan…«

»Det märkliga är att det är sig likt«, fortsatte han, »för-

246

utom att man numera kan beställa öl och vin. Det kunde man inte förr. Också får man inte röka.«

»Betyder det att det har blivit friare?«, undrade hon.

»Det vet jag inte«, svarade han, »det känns inte så.«

»Du är kanske inte mycket för frihet?«

»En gång var jag. Nu vet jag inte. Men det var lättare att få bostad och byta jobb när jag växte upp.«

»Vad gick snett?«

»Marknaden…«

»Har inte marknaden inneburit frihet…« sa hon och såg mot ingången, där en ung kvinna just steg in.

»Knappast«, svarade han.

Men det finns kanske fler möjligheter för olikheter idag.«

»Det kan också vara yta«, sa hon, « i grunden har vi väl alla kniven på strupen.«

»Så var det också med folkhemmet«, sa han, »baksidan var viktig att hålla styr på, för att låta framsidan skina i grannskapet.«

De tystnade. Kajan slog sig ned på papperskorgens kant och spanade inåt caféet.

Han sa: »Är vi överens om att det inte finns någon utväg då?«

»Det där känns rätt hopplöst va!«

»Seriöst, tror jag det handlar om att revoltera. Man måste våga tro på möjligheter. Hur omöjligt det än kan te sig.«

»Men du är inte där?«

»Nej. Inte längre.«

»Och jag?«

»Du borde vara där!«

Hon reste sig upp. »Jag behöver en promenad. Följer du med«, sa hon och gick mot dörren.

Visst, han följde efter. Vad annat kunde han göra.

»Var du ensam på caféet?« frågade hon efter en stund.

Han svarade inte. Kände sig plötsligt inte alls hemma med omgivningen. All denna olust han ständigt drabbades av.

Hon sa: »Det var Alice du träffade va?«

Han teg. Kände hur hjärtat slog hårt innanför revbenskorgen. Tänkte han noga efter, var känslan som att livet stångade sig ur kroppen på honom – ett slags farväl han befann sig i. Vad han tyckte om det kunde han inte avgöra i stunden.

Hon sa: Alice är min mamma. Hon hälsar så gott.

Han tänkte: vad ger man för svar på sådan upplysning.

Man promenerade tillsammans fram till spårvagnsplatsen som han så väl kände igen. Båda teg.

Så vände hon sig om där han gått sidan om henne. Men då var han inte längre kvar. Hon såg efter honom, svepte med blicken över folkhavet som flanerade i sakta mak fram på trottoaren, klev av och på spårvagnar, eller bara stod och hängde, väntade – han var som uppslukad av staden.

Själv promenerade han på en annan gata, åter var årstiden höst, löven föll från träden, folk gick förbi lätt hukade med huvorna uppfällda, det blåste upp och sedan kom regnet.

Han ökade takten. Styrde stegen mot berget han så ofta bestigit. Vad annat kunde han göra.

*

Nästa morgon, när han vaknade, visste han först inte var han befann sig. Han låg på en madrass på golvet. Golvet var av trä. Det tog en stund innan han insåg att han befann sig i sin gamla lägenhet, ett ovisst antal år tillbaka i tiden. Omkring honom på golvet låg flera böcker, anteckningsblock och ett löst antal maskinskrivna sidor. På soffbordet stod en röd reseskrivmaskin han så väl kände igen. Han tog upp en av sidorna. Överst stod rubriken. Camus. Texten, tätt maskinskriven, med ett rött färgband, som sett sina bästa dagar, gjorde att vissa bokstäver nästan föll bort, handlade om det absurda. Detta fick honom att minnas hur den manlige examinatorn klagat över att texten var svårläst. Däremot hade han lovordat innehållet. Sekunden efteråt föll hans blick på den hand som höll i det rödskrivna A4-pappret. Det var knappast en gammals mans hand han såg. Handen var en ung mans hand. I samma stund tänkte han att det var föreställningen om honom själv som ett ovisst antal år äldre han upplevt, eller drömt om. Att han egentligen aldrig blev äldre än: ung man söker förankring.

Kanske var det i slutändan döden som omslöt honom och för ett ögonblick givit honom bilder av hur det kunde ha blivit om han fått leva trettio år till.

4

Tågresan

Ett ovisst antal dagar senare syns han stående på centralstationen med en nyinköpt tågbiljett i sin hand. Lätt trampandes på stället, väntar han en smula otåligt på att Oslopilens tågvagnar ska öppnas och släppa på resenärerna. Det är många som ska med, många som rör sig oroligt fram och tillbaka längs perrongen. Det kan bero på den bitande novembervinden, eller den starka känsla som friheten i detta sammanhang möjligtvis uppdagar för resenären, men också för att tåget inte accepterar förbeställda sittplatser. Så fort konduktören öppnar dörrarna, väller resenärerna in och roffar åt sig de i första hand attraktiva fönsterplatserna. I en vagnsdel uppstår slagsmål, flera påstigare söker sätta sig på samma platser. Här är det inte i första hand frågan om fönsterplatserna utan om det fåtal platser som finns i restaurangvagnen. Polis tillkallas, kommer med blåljus och sirener påslagna i sin svartvita piket och för iväg två av männen, blodiga i ansiktena och på händerna. Den unge mannen står kvar på perrongen, ser tämligen oberörd ut, röker ännu en rullad Samson utan filter och stiger på i samband med SJ-speakerns sista utrop. Spottar ut en tobaksflaga, flackar med blicken och ser hur piketen avlägsnar sig, sätter sig på en ledig plats i vagnen närmast restaurangvagnen. Den unge mannen markerar platsen med sin axelremsväska och går därefter raskt in i restaurangvagnen, beställer en flaska pilsner, samtidigt som Oslopilen rullar ut från centralstationens spår 7 och lämnar Göteborg – trots tumultet, exakt i tid. Möjligt kan man märka en svag darrning i den hand som för pilsnerflaskan till munnen. När han var som mest ofri, lovade han sig själv att den väg han valt sedan tolvårsåldern hade uttömt sina goda, framkomliga resurser. Att det var dags för en ny huvudväg att beträda. Oviss inför djupet i sitt beslut men övertygad om dess nödvändighet, kom han genom de år som låg framför honom steg för steg att forma sig en annan identitet, inte fri från den han varit, det var varken önskvärt eller möjligt, men utmynnande i något helt annat än han någonsin haft insikt i. Filosofin, inte människorna var hans största stöd under flera år. Texten, böckerna, tanken, skrivandet, den inre monologen, framför samtalen, de fysiska mötena, ögonkontakten. Redan efter första ölen insåg han att det var det som skrämt Alice. Hon såg den ofärdiga skygga vildhet han bar på som en brist hon inte kunde förlika sig med. Anledningen visste han inte. Kanske då det tangerade något svårbemästrat i hennes eget inre, bortom brodern, trodde han, eller då hon såg att hans komplicerade väsen innebar framtida konflikter som störde bådas utveckling och det övermäktigt. Det var inte första gången detta inträffade. Även den unga kvinna han flyttat samman med till huset nedanför berget, hade till slut flytt scenen då inte heller hon hanterade den skygghet han bar på.

Begreppsparet betraktare/deltagare, ett klokt pendlande

dem emellan, eller, som han utryckte sig vid denna tid: ett samtidigt parallellt varande av dessa grundförutsättningar för ett gott liv, var något han insåg som betydelsefullt på ett teoretiskt plan men långt ifrån kom att utveckla i praktiken. I själva verket insåg han att han var mer fäst vid sitt förflutna än vad som var önskvärt. Hur han än sökte frigöra sig mötte han på hinder. Omöjliga att hantera dessa hinder var det naturligtvis inte, vissa framsteg hade han gjort, andra låg framför honom, att bearbeta på sikt, men tiden var samtidigt kort. Den biologiska klockan tickade snabbt. Processen skred fram alltför långsamt, menade han, försvårad av såväl rädsla, svårbegripligt djup, en institutionell skada, tendens till förälskelse i en beroende reducerande mening, som omgivningens förväntningar och krav. Verktygen betraktare/deltagare var således inget han nämnvärt lyckats utveckla i en gynnsam riktning. Han såg sig omkring i restaurangvagnen, såg efter någon att samtala med, ta initiativ att möta och träda ur sin betraktarroll (en roll han i huvudsak föredrog per automatik) men två medelålders män i kostym vid bordet intill var högst avskräckande, och det unga paret, vid bordet på motsatta sidan, satt så tätt intill varandra att han inte trodde sig om att kunna bryta sig in hos dem även om han haft en kofot i bakfickan. Resonemanget fick honom att le, resa sig upp, och trots priset beställa in ytterligare en pilsner.

Det fanns en tid då han satt i skolsalen, såg ut genom fönstret, betraktade råkorna och kajorna som landade i täta klungor på gröningen och språkade på sitt hemlighetsfulla sätt, novembermolnen som red likt lockande varsel om andra tider över himlen, mörkret, värderingsmässigt alltid överlägset ljuset, sammantaget känslan, tolkningen av obegränsade möjligheter som flöt upp till hans medvetandes yta, en tid han reste sig upp och lämnade skolsalen utan att ett ord sipprade ut mellan hans läppar, skolfröken som ropade efter honom, ekot av hennes förmaningar som stumnade på skolgården, klasskamraterna som såg med skräckblandad förtjusning på hans beslutsamhet, hans djärvhet att bryta sig loss, våga vara i sitt eget, hur de stod vid skolsalens fönster och såg på hans färd bort från vuxenvärlden. Han minns en tid han suttit fördjupad i räknebokens exempel, räknat procent eller bråk, kanske prövat enkla ekvationer, då blyertsen löpt av sig självt, snabbare än tanken, en tid han upplevt en frihet vibrerande i siffrorna. Det han senare lärde var matematikerns tillfredsställelse, dess väsen, talserierna som pekade mot rymden, fjärran galaxer bortom mänsklig fattningsförmåga. Talserier åskådliggjorda i siffrornas magi, snarare än i resultatet, talserier klottrat sida efter sida i rutblocket han hade framför sig. Talserier som på ett oanat sätt kom att bli medspelare i det han tog sig för. En vandring utan slut... en väg ut ur den värderingssfär vuxenvärlden ansåg för det högsta goda.

En ekvation, som gjorde sig bäst i bild, och han, plötsligt någon annanstans.

Redan som tolvåring gav han sig iväg från människorna, bebyggelsen, sökte bryta sig ur de strukturer vuxenvärlden prackade på honom och skapa sitt eget. På ett förnuftsmässigt plan visste han inte vad han sökte, kunde inte sätta ord på sin flykts resmål, han trodde inte heller det fanns någon slutdestination, var mer en sammansatt känsla av en outsinlig frihetslängtan – vägar, liksom goda i sig, där varje steg var av större vikt än de färgade föreställningar han bar på. Förnimmelser och stämningar av dofter, syn- och hörselintryck, känsel och smak som mer tangerade djurens värld än människans. En utomstående skulle kanske likna det vid Thoreau eller Rousseau ... senare Rilke, Eliot och Ekelöf – för honom var det själva essensen ... sökandet bortom civilisationen, dithörande föreställning och sig själv.

Han sökte sig till det förfallna SSU-huset på andra sidan järnvägsspåret, till skogsdungen omgärdad av sädesfält, tre väderstreck av fyra, den av honom och hans äldre kompisar uppspända presenning, infälld mellan träden som vind- och regnskydd, med öppen eldstad mot märgelgraven till. Där beredde han sig plats att sova. SSU-huset, en särdeles god plats att vara på, fantisera och förnimma, tänka och känna utifrån, bese naturens skiftningar, lockrop, finstämda varseblivningsfält som bredde ut sig överallt runt honom och i honom. Från början integrerat i barnet, så lätt för tolvåringen att nå.

Hans inre och naturens yttre, samstämda, tillsammans men också separerade. Tidigt fann han varandet med sig själv som tillräckligt. Det var i ensamheten han fann sin mening, ensam med naturens röster, rymden ovanför, den doftande jorden. Han var aldrig rädd, när mörkret föll somnade han med ett leende på läpparna. Var han vaken, kände han sig närvarande som i ett ständigt pågående äventyr: det vilda, det otämjda, hans inre på samma våglängd – självutvecklandet på egna villkor, men också naturens, och i det bortom konflikt: där var hans jublande själ! tills ögonlocken blev tunga och han återigen kröp ihop som en liten boll och somnade, alltid gott, nära elden, under vindskyddet. Eller fritt i den lilla skogsdungen med rymden lockande ovanför sig. I sådant scenario kände han en trygghet med sig själv han aldrig kom i närheten av bland människorna.
Han sveper sista ölklunken, reser sig upp, lämnar restau-

rangvagnen, greppar efter axelremsväskan och flanerar genom tågets vagnar. Ute är det mörkt varför han i huvudsak ser sin egen spegelbild när han ser ut genom tågfönstret. Det är betydligt färre resenärer än han först trott, många av dem som vällde in från perrongen i Göteborg tycks ha lämnat tåget, obemärkt. När tåget kör över landsgränsen är det glest mellan resenärerna. Några sover, andra läser, eller talar tyst med en medresenär. Ingen ser upp på honom när han går förbi. I tågvagnen längst bak är det nedsläckt, endast en vit lampa lyser över en ensam resenär – ljusskenet glittrar över resenärens ansikte, delar av bröstet, handen som greppar om en uppslagen bok, textmassan, som rör sig i takt med dunket från rälsen, resten av resenären ligger i skugga. Han går till vagnens slut, ser ut genom dörrfönstret, ut mot mörkret, rälsen som skjuter ifrån i hög hastighet, förnimmer hur det är jordklotet snarare än tåget som rör sig. Han som står stilla och väntar på att jorden ska falla i rätt läge – dörrarna som ska öppnas och suga ut honom på perrongen, i den norska huvudstaden…

Han sjunker ned på ett av sätena nära dörren, slumrar bort av tåghjulens dunk mot rälsens slipers och drömmer oroligt – man kan se hans tillstånd via ögonglobernas planetfärd bakom ögonlocken. Drömmer om ett springande som aldrig tar slut, baserat på ett letande han inte närmare kan definiera: vad han letar efter, har han någonsin vetat det? Sådant har, tänker han och ler en smula där bakom ögonlocken, inte längre någon betydelse.

Men det är också en flykt från mänskligheten, som han lärt känna den, periodvis handlar det i huvudsak om flykten från framför sökandet efter.

Frigörelsen – att liksom göra sig av med sig själv mil efter mil.

Återigen hör han tåghjulens dunk mot rälsen – och flykten, lika oviktig som allt annat.

På drift i Vintergatan.

Möjligheter? Snarare Intet.

På avstånd ser han Alice, stående vid ett vägkors, Alice ser tveksam ut i blicken – vilken väg hon ska välja, vet hon knappast. Men när hon får syn på honom, ser hans svajiga gestalt frigöra sig ur mängden, viker hon beslutsamt in på en mindre sidogata och försvinner snart om ett hörn, en nittiogradig vinkel som han omöjligt kan följa då han ännu inte lärt sig geometri.

Kvar står han för sig själv vid vägkorset, alltmer osäker över om det överhuvudtaget finns någon väg för honom att ta.

Han öppnar sina ögon, ser ut genom tågfönstret, ser en ljusrand borta i horisonten, ett radband för oupplysta, tänker att det måste vara staden han avser besöka. Månen sväller oroväckande i skyn, sjukhusgul som vid akut hepatit, har liksom sprickbildningar över sin flammiga hud som om månen var på väg att gå i kras av sin elaka infektion och därefter splittras i tusentals skärvor – snart upplösta, omöjliga att åter foga samman.

Konduktören kommer i samma ögonblick in i vagnen, ser ut över de få resenärerna och ropar: Oslo nästa – om femton minuter ankommer vi Oslo centralstation. Han reser sig genast upp, tar sin packning och beger sig till utgången, står där och väntar tills tåget bromsar in…

Senare vaknar han åter på den madrass på golvet han sov på som ung – vilsen över om han drömt, eller om han är nyss hemkommen. Om det är frågan om ett minne eller nutid. Eller om han kanhända fortfarande är på tåget – tåget som vad han förstår av det kompakta mörkret han befinner sig i, farit förbi staden och nu är på väg mot de ödsliga bergen i fjärran.

... vi måste bara oupphörligt vidare
mot annan spänning
för vidgad enhet, djupare förbund
genom det kalla mörkret och den öde tomheten
vågornas rop och vindarnas, de vida vattnen
för stormfågel och tumlare...

ur East Coker. T.S. Eliot.